Ciencia Ficción y Fantasía - 135

Un crimen científico y otras novelas del género

Primera Edición, noviembre de 2024

De esta edición, Libros Mablaz, 2024

Blogs:
Editorial Libros Mablaz
http://editoriallibrosmablazycienciaficcion.blogspot.com.es/
Ciencia ficción y fantasía en Libros Mablaz:
http://mablazlibros.blogspot.com.es/
Introducción a las obras de Libros Mablaz:
http://librosmablazextractos.blogspot.com.es/
Libros Mablaz en Facebook:
https://www.facebook.com/groups/530547690292189/
Tu Librería en Casa:
https://www.facebook.com/TuLibreriaEnCasa
Librería Libros Mablaz:
https://www.todocoleccion.net/buscador?from=top&bu=libros%20mablaz

Diseño de cubiertas: Mari Carmen López

ISBN: 978-84-129339-1-8
Depósito Legal: M-25211-2024

LIBROS MABLAZ - 368

Un crimen científico
y demás novelas del género

José Fernández Bremón

PRÓLOGO:
EL MEJOR CUENTISTA

José Fernández Bremón (1839-1910), puede ser considerado uno de los mejores cuentistas de fantasía y ciencia ficción de su época, aunque nunca nos ofreció una novela extensa sobre el género, pues compatibilizó los relatos cortos con una obra teatral que no es tan bien considerada, aunque de mala no tiene nada.

Fue periodista de una decena de diarios de la época, donde sus crónicas y artículos eran muy bien recibidos por sus lectores.

En lugar de ser un escritor insultante, usaba una gracia muy oportuna en sus textos, críticos casi siempre, en los que jamás insultó a nadie, anecdótico acertado y un bromista que nunca hacía bromas pesadas.

Muy significativa fue su enemistad declarada con Clarín, por el abucheo que recibió su obra *Teresa*, que siempre le achacó a una crítica negativa de la obra por parte de Fernández Bremón, al que insultó en público. El otro le devolvió la reprimenda atacándole cuando Clarín vino a dar una conferencia en el Ateneo de Madrid, aunque las indirectas entre ambos nunca cesaron. Todo ello a pesar de que habían sido amigos y el uno y el otro apreciaban la calidad literaria de cada cual.

Sus cuentos, publicados en parte en 1879 tuvieron muy buena acogida por la crítica y el público. A pesar de que su época literaria fue el realismo, Fernández Bremón incluyó tres relatos de ficción científica en ese volumen recopilatorio.

El primero, *Un crimen científico*, escrito en 1875, cuenta los ensayos de un médico para hacer ver a los ciegos. En *M. Dansant, médico aerópata* (1879), narra las falsedades de un seudocientífico que dice que cura cualquier mal con un método inventado por él. En *Gestas, o el idioma de los monos* (1883), que algunos catalogan como un cuento de fantasmas, en realidad trata de un intento de un hombre de entender lo que su orangután, Gestas, le quiere decir a través de sus miradas y ademanes impacientes.

Lo dicho al principio, tres relatos imprescindibles para leer porque hay muy pocos que superen su calidad literaria y su originalidad.

Ricardo Muñoz Fajardo

UN CRÍMEN CIENTÍFICO

PRIMERA PARTE

I.

Los vecinos de un pueblo de Castilla cargaban de grano sus carretas y sacaban a la plaza sus ganados para conducirlos a la feria: los que nada tenían que vender, ayudaban a cargar, o formaban corrillos bulliciosos. A la puerta de una de las casas babia un carro tan repleto de trigo, que los sacos parecían una especie de montaña:. cuatro robustas muías uncidas esperaban en traje de camino, es decir, llevaban al costado sus raciones en los correspondientes talegos, como llevamos nuestras carteras de viaje. El carro, el atalaje y el ganado indicaban en sus dueños desahogo y abundancia: sin embargo de eso, una mujer joven, con el rostro inquieto y la voz conmovida, decía a un fornido labrador que, látigo en mano, se disponía a arrear a las caballerías.

—¡Por Dios, Tomás! No juegues en la feria: llevas todo lo que nos queda, y si lo pierdes, tendremos que empeñar hasta los ojos.

—Lucía, no tengas cuidado; respondió el buen mozo mirando con cariño a su mujer: pasado mañana estaré de vuelta con el carro vacío j la bolsa bien provista: estoy desengañado, y, además, te he prometido no jugar.

La mirada de su marido era tan franca y expresiva, que Lucía no pudo menos de creerle: las mujeres siempre creen lo que les dicen unos buenos ojos, y los de Tomás eran muy grandes y muy negros.

Lucía quedó alegre, y Tomás sacudió a las mulas con la satisfacción con que siempre se sacude un latigazo.

—¡Eli! ¡Sr. Tomás!, dijo un arriero que cargaba el último mulo de su recua: ¿va V. a tomar por el atajo, en vez de hacernos compañía por la carretera? Como que me ahorro media legua de camino.

—No importa: el atajo es muy triste: hay un trozo de bosque que da miedo.

—Haces bien, muchacho, dijo a Tomás el alcalde terciando en el diálogo: estas gentes se empeñan en dar rodeos por no pasar delante del castillo, como si hubiera ladrones en la selva, sin considerar que el dueño de la finca es el primer contribuyente, muy caritativo, y un excelente médico, que me curó una catarata.

—A mí también me parece un buen señor, añadió una linda rapazuela.

—Ya lo creo, muchacha, repuso otra joven con acento rencoroso: como que te dijo un dia que tienes los ojos muy bonitos, y se quedó mirándolos como un enamorado: es claro, los de su hija parecen ojos de muerta, y su criado, que es tuerto, sólo tiene uno, que no he visto otro tan espantoso en los días de mi vida. Pues la señorita debe ser muy orgullosa: dos veces la he encontrado en el camino, siempre del brazo de su padre, y nunca contesta a los saludos.

—Desengáñese V., señor alcalde, repuso un viejo labrador; algo malo sucede en el castillo, cuando he oído en él gritos de persona.

—Eso supone V., tío Matalobos: en cambio, Antolín dice haber oído gruñidos de cerdo, como si estuvieran de matanza: Pascual oyó alaridos de perros: todos afirman, sin estar nadie de acuerdo, que los gritos eran de diferentes animales.

—Aunque eso sea, señor alcalde, insistió el viejo, algo malo ocurre en una casa donde los animales se quejan como si los estuvieran degollando. Además, el chico de la Blasa, desde que le miró el Sr. de Ojeda, se ha encanijado, porque tiene mal de ojo.

—¡Vaya, vaya! Hasta la vuelta, dijo irónicamente Tomás arreando otra vez a su ganado: veremos si también me encanijan; y salió del pueblo dando tientos a la bota.

A unos doscientos pasos de la aldea, un hombre escuálido que llegaba a todo correr alcanzó el carro: era un cuádruple funcionario, que servia de peatón, alguacil, enterrador y pregonero.

—De parte del alcalde, y en reserva, dijo a Tomás con gran misterio, procura observar lo que ocurre en el castillo cuando pases.

—Y, ¿por qué no me lo dijo en la plaza?, contestó con sorpresa el labrador.

—¿Eh?..., contestó el alguacil rascándose la cabeza: será... porque los asuntos del servicio se tratan de modo diferente que los otros... Y el alcalde no querrá que se enteren los vecinos, porque el público siempre debe saber menos que el alcalde. La verdad: esa familia es muy extraña, y como nadie pasa hace tiempo por el camino...

Yo mismo tomo siempre por la carretera desde que observé una cosa... muy irregular.

—¿Puedo saber cuál es, tío Esqueleto?, dijo Tomás al funcionario público alargándole la bota por vía de soborno.

—Hombre, no lo hago por el vino, respondió el tío Esqueleto después de haber bebido, sino porque llevas una comisión del servicio que prueba tienes la confianza del alcalde. Pues figúrate que al llevar una carta al castillo hace dos meses, mientras abría la puerta el criado tuerto, me puse a observar las gallinas que andaban sueltas fuera de la casa.

La voz del tío Esqueleto parecía conmovida.

—¿Y qué vio V.?, añadió Tomás impaciente.

—Vi con mis propios ojos que todas las gallinas eran tuertas.

El tío Esqueleto se alejó, dejando a Tomás absorto con aquella confidencia: no era supersticioso, pero la observación del alguacil, la orden reservada del alcalde y los recelos de casi todos los vecinos, unidos a la soledad del atajo que penetraba ya en el bosque, produjeron en Tomás una intranquilidad nerviosa, que sólo calmaba en parte el contenido de su bota, porque el vino es el éter de los valientes. Más de una vez, y más de dos, durante el largo y solitario camino, volvió la cabeza con recelo creyendo que alguien le seguía: era una bandada de gorriones, disputándose los granos de trigo que vertía la carreta.

—Hay gallinas calzadas, pensaba Tomás; otras ponen huevos de color, y algunas tienen moños muy particulares; pero nunca había oído hablar de un gallinero tuerto.

Y su espíritu, poco dado a lo maravilloso, buscaba en vano explicaciones naturales al fenómeno.

—Felizmente he prometido no jugar, añadía para sí: la vista y aun la conversación de tuertos es de mal agüero: hoy hubiera perdido el precio de mi trigo: es decir, en un dia así no hubiera jugado.

A todo esto, se hallaba Tomás muy cerca del castillo; sin duda reinaba con frecuencia en aquel lugar determinado viento, porque los árboles, todos inclinados en la misma dirección, parecían soldados dispersos que huían el castillo. Ya en las inmediaciones de éste, el bosque se hacía más espeso y complicado, y los árboles, sometidos acaso en su juventud a la acción de un torbellino y demasiado numerosos, se disputaban el terreno, trabados en feroz lucha tronco a tronco, y retorciéndose los unos en los otros: su aspecto era salvaje y formidable; tal vez fueron así las batallas primitivas, en que dos tribus humanas, acosadas por el hambre, se acometían con fiereza cuerpo a cuerpo, sin más armas que piedras, y sin otro fin que devorarse: algunos troncos se encorvaban bajo el peso de otros muchos: unos alzaban del suelo, entre sus ramas vigorosas, a los árboles más débiles, desencajando sus raíces: otros, contrahechos y oprimidos, parecían condenados a desesperación eterna y silenciosa, y que amenazaban al cielo con sus puños: otros, aniquilados y deshechos, yacían en tierra, y el conjunto de aquella masa de árboles era fantástico y terrible: sólo faltaba a su siniestra majestad una corona de nubes y de rayos.

El campesino estaba pálido: después de vacilar algunos instantes, había decidido parar las muías y atravesar por entre los árboles que conducían al castillo; pero a los primeros pasos se detuvo temblando y conmovido: en cualquiera ocasión le hubiera causado risa el espectáculo: en aquella tenía un carácter diabólico y abrumador.

Un magnífico orangután le miraba fijamente a la entrada de la senda, gesticulando y dando saltos. Tomás notaba con espanto que el mono tenía un ojo solamente.

El carretero procuró reponerse de su emoción, y tuvo el valor de dar algunos pasos: un áspero gruñido le hizo volver la cabeza, y vio un cerdo que hozaba en un charco inmediato: fijose en él con recelo y volviendo apresuradamente a donde estaba la carreta, hizo sonar el látigo. Las muías partieron con rapidez hacia la feria.

Aquello era demasiado: el cerdo también estaba tuerto.

A los dos o tres minutos oyó Tomás un ruido extraño a sus espaldas: era que

el cerdo corría a todo escape dando reso-
plidos, llevando encima al mono, que le
oprimía el lomo con deleite.

II.

El licenciado Ojeda había sido en sus buenos tiempos famoso oculista: sus pomadas y colirios eran de tal valor, que se falsificaban como los billetes del Banco Nacional: había hecho un estudio profundo de todas las partes del ojo, a fuerza de quemarse las pestañas: era el tutor de las pupilas y disipaba las nubes, para que luciese sus colores el iris de los ojos: complicados, sutiles y extraños instrumentos de su invención le permitían internarse en el globo del ojo con singular atrevimiento: vaciaba ojos inútiles y colocaba en su lugar ojos de cristal, cuya mirada era irresistible: en su despacho sólo se veían objetos relativos a su profesión, pues hasta el único objeto frívolo que le adornaba, era una estatua de Argos, representada con cien ojos.

Su señora, rodeada continuamente de ojos imitados y enfermos de la vista, y no oyendo hablar en su casa no de cataratas y oftalmias, de la visión, de la retina y la esclerótica, había tomado un verdadero aborrecimiento a todo lo que se refería a la vista: más de una vez, en las disputas conyugales que ocasionaba el fastidio, estuvo a punto de sacar los ojos a su esposo: pero extenuada por el aburrimiento, y no habiendo podido satisfacer en su embarazo el antojo cruel de dejar sin vista a su marido, falleció dando a luz una niña completamente ciega.

Ojeda recibió con tristeza aquel legado de la mala voluntad de su señora. Hacia un efecto desastroso oir con frecuencia este diálogo:

—¿De quién es esa niña ciega?

—De Ojeda el oculista.

El cariño hacia la niña, el celo por su reputación médica y la tenacidad científica del sabio en lucha con lo imposible o lo desconocido, determinaron un cambio radical en la manera de ser del oculista. Hasta entonces, en cada ojo enfermo que le miraba suplicante, sólo había visto un órgano descompuesto que debía volver a su estado normal, una dolencia que era indispensable combatir. Desde entonces consideró los ojos sanos o enfermos de todos los seres vivientes, como objetos de estudio para dar vista a su hija. ¡Cuántos perdieron los ojos que confiaban a la buena fe del oculista! El licenciado tuvo que abandonar la población en un motín de tuertos, salvándose con su familia, merced a la gratitud de las infinitas personas a quienes había proporcionado colocación de lazarillos.

Aquella contrariedad, y la convicción de que la ceguera de su hija era incurable, en vez de abatir al Sr. de Ojeda, le produjeron una especie de alegría: libre de enfermos, disponía de un tiempo sin límites para hacer experimentos en toda clase de animales.

Cae de las nubes un aeronauta como llovido del cielo; se hace añicos un sabio en una explosión de dinamita, o asan los salvajes a un geógrafo que excitó su apetito, y la ciencia consigna y enaltece con justicia los nombres de esos mártires. Pero la ciencia es ingrata, después de ser cruel, con otros mártires subalternos: la rana descuartizada viva, cuyos miembros palpitantes se estudian con deleite: el gallo, al que se corta en vida una parte del cerebro, para hacer observaciones en los nervios, contribuyen con horribles sufrimientos al adelanto de las ciencias, sin que nadie consagre una frase de gratitud a su memoria. El licenciado Ojeda, con crueldad científica, operaba a cuantos animales caían en sus manos; pero, digámoslo en honra suya, tenía la humanitaria costumbre de no arrancarles nada más que un ojo.

Por eso había elegido para vivir aquel castillo aislado, lejos de testigos importunos, y donde a nadie escandalizaban los quejidos desgarradores de las víctimas.

Allí había realizado estudios profundos y operaciones atrevidas en los ojos palpitantes de sus perros y gallinas: había hecho increíbles perfeccionamientos en los instrumentos operatorios, e inventado otros de una finura extraordinaria. Sólo le faltaba ya construir un ojo artificial que sustituyera al ojo vivo.

¿Pensaba en ello Ojeda, cuando, encerrado en una cámara oscura, analizaba un rayo de sol, descomponiendo sus colores con un prisma de cristal?

Su actividad científica buscaba otra solución no menos importante: el oculista trataba de contestar a esta pregunta, que se había dirigido a sí mismo una mañana al despertarse.

—¿Se puede ver sin ojos?

Las dudas de los sabios, por más extrañas que parezcan, tienen siempre fundamento en que apoyarse.

—Los mudos hablan sin voz, sustituyendo la palabra con los dedos —se decía—. Los sordos oyen, poniendo en contacto su dentadura con la garganta del que habla, por medio de un bastón. ¿No ha de tener la naturaleza un recurso auxiliar para el sentido de la vista, que es aún más necesario? —Y el licenciado se entregaba con pasión a sus experimentos, en busca de aquel doble sentido.

El lector recordará que uno de los criados de Ojeda era tuerto; pero su admiración subirá de punto cuando sepa que también estaba en el mismo caso otro criado.

Ahora bien; ¿se habían hecho *in anima vili* todos los experimentos en aquel castillo misterioso?

De vez en cuando el licenciado Ojeda había dirigido sin éxito razonadas exposiciones al Gobierno, pidiendo la sustitución de la pena de muerte con la pérdida de la vista, apoyándose en el ejemplo antiguo de los godos y en la autoridad de un novelista moderno, y comprometiéndose a ser el ejecutor de la justicia.

La fisonomía del sabio adquiere con estas revelaciones un carácter tétrico y sombrío. ¿Era caprichosa la elección de dos criados tuertos? ¿O era vicio en Ojeda sacar un ojo a cuantos entraban en su casa? ¿Tenía razón el campesino que aseguraba haber oído en el castillo gritos desgarradores de persona?

—¡Yo quiero ver! ¡Yo quiero ver! y
esto no sirve: no podré nunca compren-
derlo; decía una mujer colérica y llorosa
saliendo de una habitación oscura, y an-
dando con menos ligereza de la que sus
impetuosos ademanes prometían.

Era joven y linda, pero sus ojos inmóviles, sus brazos extendidos al caminar,
y los tropezones que detenían alguna vez
su marcha, demostraban que era ciega.

La irritada joven desapareció, y dos
hombres se presentaron en la sala; el licenciado y su criado favorito.

Era Ojeda hombre de edad madura,
alto, huesudo y amarillo; de mirada pene-
trante. El criado sólo tenía de notable su
manera de andar insegura y unas enormes
gafas azules que quitaban toda expresión
a su fisonomía.

—Se encerrará en su cuarto mi pobre hija, dijo el licenciado sentándose con
desaliento: Lázaro, añadió el oculista suspirando; ¿sabes lo que temo?

—¿Qué, señor?, preguntó el criado
con voz respetuosa.

—He llegado a sospechar, con verdadera desesperación, que no se puede ver sin ojos.

—Eso mismo he creído siempre, señor: pero como soy un ignorante no me atrevía a manifestarlo.

—Sin embargo, repuso Ojeda con firmeza y levantándose: quiero convencerte de que mi sistema no es un sueño. ¿Ves este aparato? Viene a ser una máquina fotográfica, en apariencia, y en este vidrio posterior, tan sensible y delicado, se proyectan los objetos: pues bien, yo pretendo que mi hija consiga tal finura de tacto, que llegue a percibir con las puntas de los dedos los objetos proyectados en el cristal.

—Señor: yo he sido ciego, y puedo asegurar a usted que esa finura de tacto que se les supone, no es exacta; ya sabe V. que leen en libros cuyas letras son de relieve: pues bien, en vez de ganar en delicadeza de tacto con el ejercicio, pierden la sensibilidad y no pueden leer a los veinte años, los que leían de corrido a los catorce

—No te fijas, Lázaro, en que les dedican a trabajos que encallecen sus dedos: además, las ciegas tienen el tacto más sutil que los hombres: y si es necesario, levantaré la piel de sus dedos, para que se produzcan las sensaciones con la viveza y claridad con que las percibe la punta de la lengua.

Lázaro, como profesaba una extraña admiración a su amo, estaba predispuesto a creer en el sistema.

—Señor, dijo con respeto, quiero aprender a ver en esa máquina.

—Primero necesito convencerte. Has de saber que, según los físicos modernos, el calor y la luz no son sino movimiento. El calor lo percibimos con el tacto: si la luz se trasmite como el calor, con el tacto debe percibirse. Ahora bien, ¿qué son los colores?, proseguía Ojeda estirando su cuerpo con entusiasmo: el rayo de luz descompuesto en un prisma de cristal, produce los siete matices que vemos en el arco iris: los colores son, por lo tanto, movimiento: los físicos saben perfectamente que el color rojo equivale al menor número de vibraciones, y el morado al mayor número.

—Basta, señor, me he convencido; dijo el criado confundido con aquellas palabras, que en realidad no comprendía.

—Sin embargo, amigo Lázaro, no me había explicado todavía. Pero desde mañana colocarás tu lengua bajo la acción del rayo morado: es la primera letra de mi alfabeto: cuando la sientas y distingas, pasarás al azul oscuro, y cuando ya percibas el rojo, diferenciarás en el cristal todos los objetos por la diversidad de sus colores. Entonces convencerás a mi pobre hija, que se empeña en no aprender.

—¿Será posible esa invención?, dijo el criado con espanto.

—La invención estaba hecha, repuso Ojeda con tono grave: en ese periódico se cuenta el caso sorprendente de una señorita que, habiendo quedado ciega, distinguía unos de otros los colores del espectro solar que caían en sus manos: Leia en un libro con sólo tocar un lente colocado a poca distancia de las letras, y aplicando los dedos a las vidrieras, nombraba con notable exactitud odo cuanto pasaba por la calle. Miss Evoy veía con la punta de los dedos.

Lázaro, maravillado, miraba a su amo con veneración.

—¿Por qué llevas esos anteojos? dijo éste después de haberse recreado en la admiración que producía.

—Señor, por ahorrar la vista, contestó Lázaro humildemente; quiero conservar mi único ojo.

—Lo que haces es irritarle.

Lázaro se quitó con prontitud las gafas azules y lució un ojo brillante y de un color extraordinario.

—¿Qué hace Antón?, preguntó el licenciado.

—Lo de siempre: ya sabe V. que tiene el vicio de mirar: no se cansa de estar viendo: dice que sólo se goza en este mundo con la vista.

—Mi hija está en el jardin rodeada del mono, del cerdo y de todas las gallinas, dijo el licenciado, que se había asomado a la ventana: bajo a ver si se encuentra más tranquila.

—Mi padre se acerca, decía poco después la joven; los animales me lo indican.

En efecto, al aparecer Ojeda, el mono, el cerdo y las gallinas se habían declarado en fuga, llenos de terror.

IV.

Lázaro había sido ciego, y tenía grandes motivos de gratitud hacia su amo.

Una tarde rascaba inútilmente la vihuela en un camino, entonando sus mejores coplas sin recoger una limosna, cuando se detuvo a su lado un transeúnte.

—Santa Lucía le conserve la vista, dijo el ciego entonando con voz ronca la oración de la santa.

—Tú no eres ciego de nacimiento, exclamó una voz desconocida.

—No, señor, contestó Lázaro.

—¿Quieres recobrar la vista?

El ciego se levantó con ligereza, y buscando a tientas al que hablaba, le dijo con acento lastimero:

—¡Oh, señor! ¿Se quiere V. burlar de mi desgracia? Pero la voz de V. es grave... No creo que se divierta usted en darme esperanzas vanamente.

El desconocido guio al ciego, y inedia hora después le hablaba de este modo dentro de una casa.

—La operación es dolorosa, pero respondo del buen éxito. El mono está sujeto: le extraigo el ojo en un instante, después de haber vaciado la órbita del tuyo, en la cual coloco el globo del ojo del orangután, cubriéndolo después con mi aparato, para que su temperatura no se altere: los nervios cortados tienen la propiedad de unirse en pocos días cuando se ponen en contacto: de modo, que si tu nervio óptico se une al del mono, tendrás un aparato para ver, sano y servible.

—¿Y si no se uniera?

—Todo consiste en la prontitud de la operación y confío en mi destreza; todos los animales de mi casa ven con un ojo que no es suyo: lo estoy ensayando hace diez años.

—¡Ah, señor!, decía Lázaro; pero ha ensayado V. en las bestias solamente.

—No lo creas: mi criado Antón era ciego hace tres meses, y le coloqué un ojo quitándoselo al cerdo.

—¿Y ve bien ese hombre?

—Demasiado: era ciego de nacimiento, y al recibir la impresión de la luz por primera vez, estuvo a punto de volverse loco: al principio se quejaba de calor dentro del cerebro; después creía estar dormido; trataba de coger las estrellas, como si estuvieran al alcance de su mano, y saludaba a los retratos y a las sombras: tropezaba en las paredes, creyéndolas lejanas, y por último, lleno de dudas, y no acertando a explicarse tanta cosa incomprensible, está como alelado y no me sirve para nada.

—Jamas había oido hablar de que los ojos se operasen de ese modo.

—Hoy la cirugía hace prodigios: pone narices nuevas: vacía el cuerpo de sangre, y le vuelve a llenar, como quien trasiega vino en una cuba: yo injerto ojos: es una operación sencilla que no tiene importancia.

Esta breve explicación demuestra el por qué Lázaro y Antón y los demás seres vivientes del castillo estaban tuertos.

—¿Qué tal es el ojo que te be puesto?, decía alguna vez que otra el licenciado a Lázaro, que se miraba con placer al espejo.

—Excelente, señor, no lo cambiaría por dos ojos de persona.

—¿Tan claro es y tan bueno?

—Parecí un anteojo de teatro.

V.

Cuando el licenciado se acercó a su hija, después de la huida de los animales, el semblante de aquélla demostró visiblemente su disgusto. En vano suavizaba Ojeda la voz, prodigándola caricias: la niña mimada sufría una gran contrariedad, y no estaba dispuesta a perdonarle.

—Soy ciega por tu culpa, decía sollozando: aquella máquina inútil no me produce sensaciones ni me explica los colores. El pobre Antón, siendo tan torpe, me ha hecho entender lo que es la vista, porque, como yo, había sido siempre ciego.

—¿Y qué te ha dicho?...

—Me ha contado las maravillas de ese mundo que no veo: en el que se tienen al lado y a un mismo tiempo, infinitos objetos que no pueden tocarse, porque están fuera del alcance de las manos: en el que se sabe cuándo se acercan las personas, mucho antes de que lleguen sin ruido: me ha dicho, en fin, lo que son la luz y los colores; sus palabras rudas me han explicado lo que no me enseña la máquina de V. ni sus lecciones.

—Eh, ¿cómo te ha dicho ese idiota?...

—Señorita Aurora, me dijo; además del dolor, cuando recibe V. un golpe en los ojos, ¿qué siente V.?

—No puedo explicarlo, contesté; pero lo que siento me causa un placer muy distinto, y parecido, sin embargo, al de la música.

—Así son los colores. ¿No sueña V. con eso algunas veces?

—Sí; pero entonces la sensación es más fuerte y el despertar sumamente triste.

—Pues bien, cuando se deja de ser ciego, lo que se ha soñado no es tan hermoso como lo que se siente estando despierto. Ver es tocar suavemente con los ojos todo lo que está lejos y cerca; es abrazar a un tiempo los objetos más grandes y más chicos, y saber lo que son en un instante, sin necesidad de palparlos uno a uno, ni de acercarse a donde están. Es andar leguas y leguas repentinamente sin moverse de un lugar y sin trabajo. ¡Oh! Diga V. a mi amo que le dé vista, como me la dio a mí y a Lázaro; ver es una alegría continua, y preferirla morirme a quedar ciego otra vez.

Ojeda escuchaba con atención y parecía muy contrariado.

—Hija, dijo por fin, no me atrevo a concederte lo que pides. Tendrías que sufrir mucho...

—No me amedrentan los dolores... si he de ver.

—¡Imposible, imposible!, añadió el licenciado; hay muchos inconvenientes.

—Pues bien, respondió Aurora llorando; los ciegos sólo ven la luz cuando se mueren, y yo he de ver muy pronto.

—Aurora se alejó rápidamente; pero su padre la detuvo.

—¡Oh! No me quiere V... exclamó con ese acento de las niñas consentidas, irresistible para los padres complacientes.

El licenciado enjugó las lágrimas de

Aurora, y prometió, temblando, lo que su hija le exigía.

—El caso es, decía poco después Ojeda a Lázaro, que no me atrevo a cumplir lo prometido: es una operación delicada y dolorosa, que se puede hacer a un extraño o a un amigo; pero se trata de una hija. Además, no sé de dónde sacar el ojo que hace falta.

—Señor, observó Lázaro, yo había pensado pedir para mí el otro ojo del mono; pero la señorita Aurora debe ser antes que nadie.

—Escucha, Lázaro, mi hija es joven y hermosa: en su cara no se puede colocar nada ridículo...

—¿Ridículo?... Señor, ¿mi ojo es ridículo?

—En tu cara sienta bien... pero para dar vista a mi hija es necesario un ojo hermoso de persona. ¿Crees que puedo encontrarlo fácilmente?

—Es imposible, me parece.

—¡Y si no lo encuentro, pierdo a mi hija!...

Lázaro se afligió en extremo al contemplar la desesperación de su señor.

—Señor, le dijo con dulzura, dicen que en defensa propia o de los hijos todo es permitido...

—Lázaro, me estás incitando a un crimen, contestó Ojeda apretando la mano con efusión a su criado.

—Pues bien, repuso este con decisión, le cometeremos.

—Además, añadió el oculista, no se trata de dejar a nadie ciego, sino de un reparto equitativo de ojos entre uno que tenga dos y otra que no tiene ninguno.

Y el amo y el criado pasaron juntos la tarde haciéndose confidencias en voz baja.

A la noche siguiente ocurrió en el castillo un suceso inusitado: en el macizo y enmohecido llamador resonó un débil y extraño aldabonazo.

—Señor, dijo Antón entrando al poco rato en el cuarto de su amo, que conversaba con Lázaro: un hombre extraviado pide que le permitan pasar la noche en el castillo.

—¿Qué trazas tiene el forastero?, preguntó Ojeda.

—Sólo he reparado que tiene dos ojos como usted, pero muy grandes y muy negros.

—Que entre, que entre al instante; dijo el licenciado.

Y Ojeda y Lázaro cambiaron entre sí dos miradas alegres y diabólicas.

VI.

El hombre que había llamado a la puerta del castillo era Tomás.

Vendido el trigo en la feria, se disponía a regresar al pueblo por la carretera, cuando un amigo le llamó desde su casa: entró en ella Tomás y vio que las personas allí reunidas eran jugadores.

—Te be llamado por si querías divertirte, dijo el conocido estrechándole la mano.

Por desgracia, hablan trascurrido dos días desde el encuentro de los tuertos: para mayor fatalidad, una mariposa blanca revoloteaba en torno de Tomás en aquel momento: los consejos de Lucía estaban aún recientes: pero Lucía había condenado el juego en cuanto podía ser causa de su ruina, y la mariposa blanca era un presagio evidente de ganancia.

Tomás se decidió a exponer unas monedas: después sacó algunas otras para recuperar las ya perdidas: cuando se hubo quedado sin dinero, reflexionó que no podía volver de aquel modo a su casa: afortunadamente le quedaban el carro y su ganado, y podía desquitarse dando tres golpes a una muía; pero como perdió cuatro cartas seguidas, se quedó dueño del carro únicamente.

No era decente que Tomás volviera al pueblo arruinado y tirando de la carreta: esta siguió el mismo camino que las mulas.

El desgraciado jugador salió de la casa aturdido y desencajado. Las protestas hechas a su mujer, las lágrimas de Lucía y lo completo de su ruina; el porvenir, el presente y el pasado producían en su imaginación un efecto semejante al del capítulo más lúgubre de la más triste novela.

Buscó en el campo un sitio solitario, y lloró y meditó por espacio de mucho tiempo: cuando se convenció de que no podía presentarse ante su mujer en aquel estado, y de que no tenía a quién recurrir en este mundo, la desesperación le hizo adoptar un partido extraño.

—El dueño del castillo es un hombre rico, pensó en un instante lúcido: tengo mis sospechas de que se dedica a la brujería, y aunque no creo en brujas, ahora son éstas mi única esperanza. La verdad es que allí sucede algo extraordinario. Necesito ver a ese hombre y pedirle su protección y sus consejos.

Tomás, desesperado, entró resueltamente por el atajo, decidido a intentar aquella vaga probabilidad de remedio que, en su mísera situación, era al fin una especie de consuelo.

Tres días después se notaba en el pueblo una agitación extraordinaria; el alcalde, conmovido por los lamentos de Lucía, había hecho correr al tío Esqueleto en todas direcciones, y averiguar el paradero de Tomás, dando parte a las autoridades de los pueblos inmediatos, cuando entraron en la casa consistorial el tío Matalobos y su nieto llevando la cabeza y la piel de algunas zorras.

—Preséntelas V. mañana a la hora de sesión, dijo el alcalde, y se le abonará su importe; ahora estoy muy ocupado con el asunto de Tomás.

—Es el caso, insistió el viejo, que la cabeza de estos animales tienen que ver con el asunto.

—¿Sabe V. algo? —dijo el alcalde con interés.

—Tengo la convicción de que se ha cometido un crimen en el castillo.

—Hable V., hable V., que escucho su declaración como autoridad.

El tío Matalobos declaró que, presumiendo que en las inmediaciones del castillo debían rondar algunas zorras su gallinero aislado y abundante, decidió colocar trampas en ciertos sitios fragosos de la selva para recibir los premios que concede la ley a los cazadores de alimañas.

Y que, hallándose en el puesto más próximo a la finca, oyó de repente gritos dolorosos de mujer; asustado y tembloroso, quedó inmóvil algún tiempo, y entonces sonaron otros dos gritos que partían asimismo del castillo, pero en los cuales jurarla haber reconocido el acento de

Tomás. Aquel descubrimiento le hizo abandonar el puesto y correr al de su nieto, el cual nada había oido desde el suyo; que, acompañado del mozo, volvieron a aproximarse, oyendo otra vez gritos de mujer únicamente, los cuales cesaron para no volver a repetirse.

El alcalde le hizo prometer el mayor secreto, y empezó la instrucción de la sumaria.

—Pero ¿qué interés puede tener un hombre rico en asesinar a quien ha perdido hasta los ojos, decía el alcalde al tío Matalobos?

—¡Quién sabe!, respondió este gravemente. Dicen que hay médicos tan curiosos que abren a las gentes por ver lo que tienen dentro de su cuerpo.

Entre tanto, la mujer de Tomás, después de haber recorrido todo el pueblo, pidiendo inútilmente noticias de su marido, rezaba fervorosamente ante la imagen de su patrona Santa Lucía, abogada de los ojos.

11 DE MARZO DE 1883. NUM. 5.

MadridCómico

Director: SINESIO DELGADO.

NUESTROS REVISTEROS
JOSÉ FERNÁNDEZ BREMON

Doy lo que tengo al que encuentre
quien escriba con más sal.
Prueban que no creo mal
La Ilustración y las *Entre-*
páginas de *El Liberal*.

SEGUNDA PARTE

I.

Del núm. 7.000 de La Correspondencia de España trascribimos el siguiente
suelto:

«En la aldea de X se ha cometido un
crimen espantoso: el juzgado de primera
instancia del partido, con una actividad
que le honra, teniendo fundadas presun-
ciones de que un labrador llamado Tomás
había sido asesinado en una finca situada
en medio de un bosque, se personó en la
casa sospechosa.

»La viuda del labrador, no obstante
las precauciones tomadas para ocultarle la
desgracia, hubo de sospecharlo, y sus lamentos y desolación conmovieron de tal
modo a los vecinos, que estos, indignados,
cercaron el edificio donde se practicaban
las diligencias judiciales, pidiendo a voces
la cabeza del criminal. La Guardia civil,

con su enérgica y persuasiva actitud restableció el orden, impidiendo que la casa fuera atropellada.

»El registro practicado en la finca dio por resultado el hallazgo del carro y las muías pertenecientes a la víctima. En una de las habitaciones superiores yacía en el lecho, ensangrentada, una mujer joven, cubierta con una especie de máscara de hierro; y en uno de los gabinetes inmediatos se descubrieron innumerables instrumentos de formas extrañas y uso desconocido; algunos parecidos a ganzúas.

»El asesino es un médico retirado, de antecedentes muy equívocos, llamado Ojeda. Para que el hecho revista un carácter más sombrío, añadiremos que en el castillo, pues el crimen se ha efectuado en un edificio antiguo, uno de los aposentos está completamente enlutado, y se presume que allí se verificó el asesinato, y acaso algunos anteriores. Se espera encontrar en breve el cadáver de Tomás.

»Uno de los cómplices de Ojeda, cuyo nombre es Lázaro, ha desaparecido. El móvil del asesinato se cree haya sido puramente científico. Todos los animales de la finca están horriblemente mutilados. Se asegura que el licenciado Ojeda tenía una manía sanguinaria: coleccionaba ojos de personas y animales.

»Tendremos al corriente a nuestros lectores de este drama conmovedor e interesante.»

Oigamos a El Imparcial del dia siguiente:

«La hora avanzada a que ayer recibimos el correo nos impidió dar la noticia del crimen, célebre ya, que ha producido en Madrid tan honda sensación. No nos atreveremos a hacer las terminantes afirmaciones que, con su acostumbrada ligereza, se permite un periódico puramente noticiero. Nuestros datos son menos novelescos, pero más completos y seguros. En primer lugar, parece que el hallazgo del carro y de las muías resulta explicado de un modo natural, por ser público que Tomás los había perdido en el juego días antes, habiéndolos adquirido, ya de segunda mano, un criado de Ojeda. Respecto a la joven de la máscara de hierro, se nos dice ser la propia hija del médico, ciega de nacimiento, que acababa de sufrir una dolorosa operación, a la cual deberá acaso la vista. Los ojos que han parecido a ese periódico una sangrienta colección, constituyen, por el contrario, un museo oftálmico muy interesante; y el aposento enlutado no es sino una cámara oscura destinada a experimentos relativos a la luz.

»Respetando el secreto del sumario, por hoy no somos más explícitos.»

La Correspondencia núm. 7.007:

«Un sentimiento de prudencia, y la convicción de que pronto podríamos revelar el verdadero estado de las diligencias judiciales, nos hizo dar conocimiento al público del crimen X, tal como lo refería la voz popular, no como constaba del sumario. Un periódico, que dice respetar el secreto de las actuaciones, ha publicado hechos que no creíamos conveniente dar a luz todavía: los lectores juzgarán quién ha tenido más prudencia.

»Por lo demás, no sólo nos constaban los hechos que ha divulgado ese periódico, sino también otros muy interesantes. La situación de la hija del Sr. Ojeda es tan delicada, el aparato requiere una asistencia tan constante, nueva e ingeniosa, que los médicos forenses se han opuesto a que el acusado salga del castillo, donde permanece preso en tres habitaciones debidamente custodiadas; sin embargo, ya no está incomunicado, y se permite la entrada al orangután, que hace frecuentes y cariñosas visitas a su ama.

»Se cree que el cadáver de Tomás no se encuentre en el castillo, porque debe estar vivo el dueño del cadáver.

»El licenciado explica satisfactoriamente la mutilación de los animales y el uso de los instrumentos; los médicos reconocen su profunda habilidad, y en cuanto a las demás declaraciones, exceptuando una, vaga y problemática, todas las demás favorecen al dueño del castillo. El juzgado, los médicos, el alcalde, la Guardia civil, nuestro corresponsal y los vecinos, todos rivalizan en celo para el esclarecimiento de la verdad, y se distinguen especialmente todos ellos.

La polémica de ambos periódicos dura algunos días tomando serio aspecto: el crimen de X. amenaza tener en Madrid repercusiones.

Por fin, suceden a la polémica los hechos: un telegrama de El Imparcial agrava la situación del acusado, y luego se insertan en el orden siguiente los telegramas.

El Imparcial,

«Declara Antón, criado de Ojeda, haber abierto a Tomás la puerta del castillo. Vigilancia redoblada.»

La Correspondencia.

«Criado Antón, sospechoso de idiotismo. Ojeda muy sereno.»

El Imparcial.

«Gabinete de Ojeda, hallado en alcohol un ojo humano, fresco todavía.»

La Correspondencia.

«Ojo encontrado en alcohol era de mono. Descubrimiento horrible. Camisa ensangrentada con iniciales de la víctima.»

A los pocos días El Globo triplica su tirada, publicando el retrato del licenciado Ojeda, con los datos biográficos del célebre oculista, y el catálogo de su Museo.

En vista de aquel éxito, el propietario del periódico tiene que refugiarse en lo más puro de su alma, para no desear que los crímenes se repitan.

Fija la curiosidad pública en el crimen, desaparece en aquellos días un banquero, sin que se hagan cargo de ello sus numerosos acreedores: el Gobierno decreta un nuevo impuesto sin que lo noten los contribuyentes: se fragua, estalla y vence una conspiración sin que el Gobierno se aperciba.

Quince días después nadie se acuerda del crimen, y a nadie le importa el estado de la causa.

II.

La situación del licenciado era apuradísima. Brotaban pruebas del crimen en todos los rincones de su casa.

—Sólo me falta que el mono rompa a hablar y me delate, se decía.

¿Había sido Tomás asesinado? Volvamos hacia atrás nuestra mirada.

La noche en que Tomás llamó a la puerta del castillo, al entrar en el despacho, aunque se le recibió perfectamente y se le dio muy buena cena, estaba acordado que, muerto o vivo, saldría tuerto de la casa. En la mesa los hombres se hacen expansivos y se entienden. Tomás, de confianza en confianza, contó su gran apuro al oculista, concluyendo la narración con esta frase.

—No sé qué hacer; pero por recuperar lo que he perdido, daría un ojo de la cara.

—Le tomo a V. la palabra, dijo el oculista, y cierro el trato.

Mediaron, como era natural, las explicaciones consiguientes: al principio costó mucho trabajo convencer a Tomás de que no se hablaba en broma. Después regateó el ojo, y por fin quedó ajustado; los campesinos son desconfiados en negocios, y sólo consintió en la operación cuando vio entrar en el castillo su carro y las muías, base del contrato, y recibió en dinero el cuádruplo del trigo.

—Pero ¿cómo me presento en mi casa con un ojo solamente?, exclamó el campesino.

Ojeda abrió un escaparate y le enseñó una colección de ojos de cristal, cuyo brillo seductor debía fascinar a las mujeres.

Tomás eligió el más grande y el más negro. Los suyos propios, al lado de aquel ojo tan perfecto, parecían imitados.

Por desgracia, al verificar la operación, preocupado exclusivamente Ojeda por su hija, descuidó de tal modo al otro enfermo, que cuando quiso acudir en auxilio de este, su cara inflamada presentaba horrible aspecto. Entonces envió a Lázaro al bosque a buscar algunas hierbas.

Tomás les había referido las desconfianzas del alcalde.

Lázaro tardó mucho, y cuando volvió del bosque estaba pálido y aterrado. Su oido finísimo le hizo comprender que había gente en las cercanías, y arrastrándose sigiloso, había oido decir al tío Matalobos:

—Era la voz de Tomás: no tengo duda: será preciso dar parte a la justicia.

El enfermo había sido colocado en un lecho limpio, blando y confortable; pero no podía continuar en el castillo sin que se descubriese la horrible compra, la operación criminal que había consumado el oculista: además su estado era gravísimo: al llegar la justicia se podía encontrar con un cadáver.

Aquella misma noche Antón y Lázaro, con teas encendidas para espantar a los lobos, trasladaron los útiles y víveres necesarios a una cueva medio oculta entre unos troncos, en lo más salvaje de la selva: la naturaleza había rodeado aquel asilo de una fortificación inexpugnable. Interceptando la senda con un tronco, el hacha del hombre necesitaba años enteros para llegar hasta la cueva.

Cuando Lázaro se despidió de su amo, éste le dijo:

—No tengas recelo por mí; cuida al enfermo; y si se cura, ponle su ojo de cristal, y que se presente en la aldea sin pérdida de tiempo: si muere, entiérrale muy hondo, y tú vete muy lejos.

El licenciado desesperaba de que Tomás apareciese. Hablan pasado cerca de dos meses.

—Su estado era muy grave, y habrá muerto, se decía.

Además pueden haberles faltado víveres, y no atreverse a salir por miedo de los lobos. ¡Quién sabe! Hasta se le puede haber comido Lázaro.

III.

Antón no había sido traidor a su amo; antes al contrario, le había perjudicado queriendo sacrificarse en su defensa. Cuando se descubrió la camisa ensangrentada, único vestigio del campesino olvidado en la turbación de la mudanza, Antón creyó asumir toda la culpabilidad en su persona, exclamando con bárbara nobleza:

—Yo fui quien abrió a Tomás la puerta del castillo.

Pero cuando comprendió que había cometido un desacierto, enmudeció llorando amargamente. Su ojo inmóvil y extravagante, que apenas cabía dentro de su órbita, hinchado aún más por el llanto, lanzaba estúpidas miradas. Los médicos le hablan concedido el precioso diploma de idiota, que hace al hombre irresponsable.

Su amo le comprendía y perdonaba.

En tanto, la curación de Aurora estaba para terminarse; desde los primeros días pudo observar el oculista que el ojo de Tomás había prendido: una semana antes del hecho que refiero, había colocado en el aparato un vidrio verde sumamente grueso, que condujera al ojo, muy debilitada, la media luz de la alcoba de su hija. La sensación fue, sin embargo, extremadamente viva, produciendo el efecto de una quemadura. Después, aquel dolor se convirtió en placer, que se renovaba, con infinita sorpresa, cada vez que Ojeda cambiaba el color de los cristales.

Cuando su padre colocó el cristal azul oscuro en el aparato, dijo Aurora.

—¡Es extraño! Este color le lie soñado muchas veces sin saber lo que soñaba.

—¿Cuál de todos los colores te es más grato?, pregunta Ojeda.

—El verde: el que me dio la primera idea de la luz: el que me causó tanto dolor el primer dia. Ahora sólo me falta conocer el color blanco: ¿se parece a alguno de estos?

—Está formado de todos y no es semejante a ninguno: sin embargo, espero que ha de sorprenderte, pero no te conviene verlo todavía.

Aurora estaba impaciente por distinguir algún objeto, para explicarse la relación de la luz con los sonidos: cuando salió su padre de la alcoba, el orangután, que siempre se alejaba de su amo, entró en la alcoba de la enferma, y, suspendiéndose de la cama, produjo un ruido acompasado y extraño en su columpio.

¿Qué ruido era aquel? Nadie contestaba, y la curiosidad de Aurora iba en aumento.

—¿Será verdad que los ojos dan idea o auxilian la percepción de los sonidos?, se decía: y luchando entre la impaciencia y el temor, venció al fin la primera.

—Quiero ver el mundo: exclamó por fin, y desprendió de su rostro el aparato, quedando deslumbrada. Un caos de colores confundidos e hiriendo a la vez su vista, le dieron la primera idea visual del movimiento. Cuando los colores se fueron separando, y distinguió los objetos y las sombras con su armonía y claro oscuro, y extendiendo la mano hacia ellos, comprendió lo que era la distancia, una expansión de gozo dilató su corazón, y llena de alegría prorrumpió en gritos infantiles.

—¡Padre, padre ya veo!

El mono, impresionado con la alegría de su ama, dejó la colgadura, y se presentó ante Aurora lleno de curiosidad: y la niña, que no había visto jamás un ser humano, por una lamentable confusión, cayó a los pies del orangután exclamando.

— ¡Padre mio!

IV.

Llegó por fin el día de la vista de la causa: la cabeza de partido distaba una media legua de la aldea, cuyos habitantes habían abandonado sus casas para asistir a aquel acto interesante. La sala estaba llena de gente y el patio del juzgado: el maestro de escuela, que era de los que se quedaban en el patio, lamentaba que no se verificasen los juicios en la plaza pública como en los tiempos clásicos, lo cual hubiera permitido a todos disfrutar del espectáculo.

Aurora, que era ya una tuerta muy graciosa, se había obstinado en no abandonar a su padre, y estaba junto al acusado sentada en una silla. La viuda de Tomás, pálida y enlutada, presenciaba también la imponente ceremonia, sin apartar la vista de Aurora, que más parecía atender a los variados rostros de los concurrentes, a las ondulaciones de la multitud y a los accidentes exteriores, que a la lectura del proceso.

El oculista estaba inquieto, y el monótono relato de la causa le sonaba como un rezo de agonía.

La voz acompasada y cadenciosa del lector, las fórmulas y digresiones judiciales y lo voluminoso del legajo, martirizaban a los espectadores, que, viendo volver folios y folios sin esperanza de que aquello concluyese, cerraban los párpados con resignación como si aguardasen dormidos la sentencia.

Un suceso inesperado trocó el silencio en verdadera confusión y los ronquidos en exclamaciones de sorpresa.

—¡Se ha vuelto loca!, decían unos.

—¡Pobre mujer, cuánto le quería!, exclamaban otros.

—No se ha visto una causa tan extraña, añadían los curiales.

El juez daba campanillazos inútiles para restablecer el orden, consiguiéndolo únicamente cuando salieron de la sala la hija del médico y la viuda de la víctima, y cuando el público se cansó de hacer ruido.

El incidente había sido rápido; un

acceso momentáneo de locura: una alucinación extraña de Lucía, la cual no había apartado un solo instante su vista de Aurora, y que de repente, nerviosa y sollozando, se levantó de su asiento, y dirigiéndose a la hija de Ojeda, gritó con voz desgarradora:

—¡Infame! ¡Infame! Ese ojo negro que luces fue de mi marido: reconozco su brillo y su mirada.

Ojeda veía su secreto cada vez más público: se habían registrado los rincones de su casa: el fiscal iba de un momento a otro a iluminar con gas lo más oscuro de su alma, para ofrecer su conciencia en espectáculo.

Desde que el ministerio público empezó la acusación, el oculista no podía reposar sobre su asiento: vibraban sus nervios como cuerdas de guitarra: sus dedos se movían convulsos como la sacra mano del médium, cuando sirve de amanuense a un espíritu elevado. El tormento era intolerable, pero subió de punto cuando el fiscal exhaló de sus labios este trozo, de elocuencia:

«¿Esperaremos para condenar a Ojeda a que se encuentre el cadáver de la víctima? No cometerá el asesino la torpeza de abrirnos su sepulcro: en vano buscaremos este en la fragosidad de aquel bosque intrincado, elegido hábilmente para cementerio: el cadáver está pudriéndose en aquel laberinto de troncos: acaso cada tronco es una lápida: jamas la justicia podrá desenterrar aquellos huesos para unirlos a la causa.

»Pero, ¿acaso necesitamos el cadáver? ¿No tenemos su mortaja? ¿Qué otra significación tiene la camisa ensangrentada, con las iniciales marcadas por la viuda de Tomás? ¿No hemos encontrado un ojo humano, reliquia de la víctima, que los médicos afirman se arrancó recientemente? ¿Qué, señores, no es nada lo del ojo? Pues ese ojo nos pide justicia suplicante: ese ojo prueba el asesinato ante los ojos de la ley.»

Los pocos cabellos de Ojeda estaban erizados: el oculista no pudo resistir más, y pidió la suspensión de la vista para hacer revelaciones importantes.

Había tenido una idea luminosa: acusar a Lázaro y denunciar a la justicia su escondite.

—Así sabré a lo menos, se decía, si están vivos o muertos.

—No conozco a Tomás, declaraba Ojeda y copiaba el escribano, pero Lázaro me parece persona sospechosa: creo que el verme hacer experimentos en algunos animales, le haya decidido a experimentar por su cuenta en algún viajero extraviado. Tiene costumbres silvestres, y me hablaba a menudo de' esa cueva.

V.

Lázaro, entre tanto, se bailaba en una situación desesperada.

Después de haber asistido y salvado de la muerte a Tomás, a fuerza de constancia, de sobriedad y de trabajo y en medio de grandes recaídas, acababa de perder en un instante el fruto de tan ímprobas tareas. Aquel mismo día le había dado de alta, completamente sano, después de haberle probado el ojo de cristal.

—¡Maldito sea el juego!, había dicho Tomás al colocárselo.

—Bien puedes estar arrepentido de ese vicio, respondió Lázaro: la vista no se paga con dinero. No se debe cambiar un ojo aunque le diesen a uno cuatro piernas.

—¡Qué dirá mi mujer al verme tuerto!

—Se alegrará probablemente.

—¡Eh!

—El ojo nuevo te sienta mejor que el tuyo propio.

Lázaro estaba impaciente por tener

noticias de su amo: algo grave ocurría cuando le había reducido a alimentarse de la pesca y de modestas ensaladas; así es que se impacientaba de la tardanza de Tomás, que había salido a recoger berros en las orillas de un arroyo. Pasaron algunas horas de verdadera angustia: la noche se acercaba: el bosque se hacía peligroso a tales horas, y determinó salir en busca de su amigo.

Tomás había reflexionado que un plato de berros no era un almuerzo fuerte para dos hombres robustos que iban de viaje, y pensó acercarse al castillo, por si tenía ocasión en sus inmediaciones de retorcer el pescuezo a una gallina, las que solían alejarse demasiado. Pero volviendo al cabo de un rato la cabeza, notó que un lobo le seguía: chocole y púsole en cuidado aquel atrevimiento, y se detuvo: el animal le miraba con descaro y detrás de él caminan varios lobos. Tomás tuvo tiempo para atrincherarse en unos árboles espesos: los lobos avanzaron, y sólo halló el recurso de blandir una rama nudosa y pesada; pero comprendiendo que la lucha era desigual, se encomendó a Dios para morir como cristiano. El juego le había costado un ojo: la gula le costaba todo el resto de su cuerpo.

Lázaro, después de haberle llamado inútilmente y recorrido los sitios que de ordinario frecuentaba, se detuvo lleno de horror ante un charco de sangre: siguió conmovido aquella huella, y las últimas luces del crepúsculo le permitieron ver un cuadro desgarrador y lamentable.

Un cráneo y los restos más visibles de una osamenta humana, pelados y roídos, yacían en desorden por el suelo. Del hombre vigoroso y lleno de vida poco antes, de su compañero Tomás, sólo quedaban aquellos despojos miserables: Lázaro derramó copioso llanto, y empezó a rendir a su amigo el último tributo. ¿Qué podía hacer ya en su obsequio? Colocar sus huesos en perfecta simetría.

—¡Asesino! ¡Asesino!, gritaron de repente varias voces.

Lázaro estuvo a punto de caer desmayado, al verse rodeado de guardias y alguaciles. No encontró palabras para justificarse, y se dejó atar sin resistencia.

El tío Esqueleto colocó en una espuerta el de Tomás, llenando a la vez dos funciones de las cuatro que ejercía: las de alguacil y sepulturero.

La comitiva se puso en marcha, y Lázaro, con paso vacilante y la cabeza baja, emprendió también el camino, rezando piadosamente por el alma del finado.

VI

El tío Esqueleto, cuya ligereza no le permitía caminar al paso de los otros, se adelantó con la espuerta mortuoria, hacia la cabeza de partido. Cuando llegó al pueblo era de noche, pero había un ruido desusado a tales horas, y un hombre le llamó desde una casa.

El alguacil se detuvo aterrado: el hombre salió a su encuentro, y el tío Esqueleto cayó de rodillas santiguándose y diciendo:

—En nombre de Dios pide lo que quieras, pero aléjate al momento.

—¿Por qué te asustas? replicó el aparecido: soy Tomás en carne y hueso.

—En carne o ánima, no lo negaré: pero ¿cómo has de estar completo si llevo tus huesos en mi espuerta?

Hubo un momento de confusión, e intervino el juzgado, que se hallaba esperando la resolución de tan variados incidentes.

Antón, que llegaba del castillo, dio una noticia sin importancia que completada por Tomás, explicó el hecho.

Miéntras los lobos sitiaban a éste, recelosos de la lucha, y despúes de haberle tenido acorralado algunas horas, se oyó un ruido extraordinario: el mono, subido sobre el cerdo, pasaba a todo escape, dando su carrera acostumbrada: los lobos juzgaron menos peligrosa aquella presa, y se lanzaron a la caza, dejando a Tomás huir hacia poblado. Antón anunciaba que el cerdo había vuelto solo. Los médicos reconocieron el cráneo del orangután, antes de que se depositasen los huesos en la iglesia.

Cuando llegó Lázaro, no se esperaba encontrar en el pueblo un recibimiento tan alegre. Tomás y Lucía abrazados: Lucía y Aurora reconciliadas: la causa sobreseída en principio, pues después de lo ocurrido, el Juzgado, los testigos y los médicos, buscaban a todo explicación satisfactoria, desechando lo que no conviniese al juicio ya formado del asunto: el ojo humano era indudablemente de un enfermo: la sangre de la camisa, era sangre de una muela, y los gritos de Tomás habían sido de alegría.

Lucía no se cansaba de mirar a Tomás y le encontraba mejorado.

Solo Lázaro lamentó la pérdida del mono, por haberse desperdiciado el ojo que consideraba como suyo, y que había deseado tanto tiempo.

Apenas pudo regresar al castillo, se apresuró Ojeda a abandonar la población, porque había notado con recelo que los ojos de Aurora y de Tomás, sin duda por espíritu de compañerismo, se buscaban y encontraban a menudo.

CONCLUSIÓN

Un año después, Ojeda se instalaba en Madrid en un edificio extraño, que parecía a la vez clínica y casa de fieras. En una de las alas del edificio debían entrar a curarse los enfermos: en la otra, rugían, balaban y gruñían toda clase de animales.

Había en lo alto de la casa un aposento aislado, en el cual Lázaro y Ojeda pasaban al dia algunas horas: el primero, con la lengua sacada, sometiéndola a la acción del rayo morado, y su amo, esperando que la sensación se produjera.

Lázaro, muy alegre, dijo un dia al licenciado que, como siempre, contemplaba con ansiedad la operación.

—¡Señor! He notado un cosquilleo agradable: ya sé lo que es la luz morada.

—No, Lázaro; era una mosca que se paró en la punta de tu lengua.

—¡Señor! Buscamos una cosa muy difícil, dijo suspirando el criado.

—¿Dudas del sistema?, replicó su amo con asombro.

—No dudo, contestó Lázaro con humildad; pero recuerdo que hoy hace un año empezamos los experimentos, y nada siento todavía. En cambio, a la otra invención no le da V. importancia.

—Aquella consiste en la habilidad del operador únicamente: ésta es la sublime, porque ha de confirmar la teoría de los físicos.

Felizmente para Lázaro, un desconocido buscaba al licenciado con urgencia.

Arrancose Ojeda de mal humor a sus experimentos y salió a recibir al tal sujeto: el licenciado y aquel hombre estuvieron encerrados un gran rato; por fin, salió el hombre de la casa con aspecto muy contrariado.

Era Tomás que se había vuelto a arruinar en el juego, y deseaba vender el ojo izquierdo.

Media hora después se llenaba la casa de gente, y paraban a cada momento coches en la calle: en efecto, los madrileños cercaban en tropel el edificio, porque habían leído con admiración y entusiasmo este anuncio en los periódicos:

«EL LICENCIADO OJEDA da vista a los ciegos: coloca ojos vivos de diversos animales, en la órbita inútil de las gentes privadas de la vista: los criados y las gallinas del licenciado tienen ojos colocados por su mano, y pueden servir de muestra y de prospecto.

»Hay en el establecimiento ojos de águila para generales en campaña, ojos de tigre para deudores acosados, y ojos de gacela propios para dama.

»También hay ojos más comunes y baratos para nodrizas y soldados.

»Se ponen gratis a los pobres, ojos de besugo.»

FIN DE UN CRIMEN CIENTÍFICO

MONSIEUR DANSANT, MÉDICO AERÓPATA

José Fernández Bremón

A mi querido amigo,
el Subinspector de Sanidad militar

I.

Uno de los establecimientos más curiosos de Europa es la casa de salud de Mr. Dansant, fundador y propagador de la aeropatía, o sea, sistema de curar toda clase de enfermedades por medio del aire.

Abandonado en las calles de París siendo muy niño, Mr. Dansant había pasado su infancia al aire libre; el aire entrando a través de su destrozada ropa, en vez de alterar su salud, le había acostumbrado a resistir vigorosamente la intemperie: un herrero, compadecido del granuja, le recibió en su taller y puso a su cargo el fuelle de uno de los hornos: cansado de soplar la lumbre y de la abrasadora atmósfera de la fragua, el muchacho entró de aprendiz en una fábrica de abanicos, y en sus ratos de ocio empezó a estudiar música, dedicándose a aprender el pito, por ser entre los instrumentos de viento el más barato y tener aplicación en las

bandas militares: su ambición de muchacho le hacía desear el uniforme, que da al
cuerpo un aire distinguido.

—Tienes la cabeza llena de viento,
decía el fabricante a su aprendiz, cuando
éste le aseguraba que con el tiempo haría
ruido en el mundo. Ya te cortarán las alas
si tratas de volar por ti mismo.

La ocasión se ofreció más pronto de
lo que el muchacho se esperaba: el fabricante de abanicos construía también otros
aparatos: cierto día se presentó en la
tienda un aeronauta y encargó un paracaídas. Luis Dansant fue elegido por su
maestro para llevar el aparato al compra-
dor, a quien bailó probando un globo: éste
se hallaba sujeto por una maroma a unos
fuertes anillos de hierro: los gases le in-
flaban rápidamente y el aeronauta se había instalado en la barquilla, donde exa-
minó el paracaídas.

—No parece mal trabajado, dijo al
aprendiz; pero, ¿quién me responde de su
solidez?

—Yo, contestó rápidamente el muchacho, si V. me asegura que es bueno el sistema.

—De ese no tengo duda: está conforme con las leyes físicas.

—Entonces me comprometo a hacer la prueba, si usted me permite subir en el globo.

El aeronauta, admirado del atrevimiento de aquel niño, le acogió bondadosamente en la barquilla, pero no le consintió la prueba del aparato, que se hizo con buen éxito en un perro. Luis aspiró con delicia el aire de las alturas: el aeronauta gozaba al observar aquella infantil alegría y propuso al aprendiz que entrase a su servicio. Dansant aceptó con júbilo el ascenso: el aeronauta había calculado el poco peso de su nuevo ayudante, que en sustitución de otro cualquiera, le ahorraba algunos metros cúbicos de gas.

El nuevo maestro de Dansant era un sabio y enseñó a su criado y discípulo la física, la medicina y dos o tres idiomas: vivía del producto de sus ascensiones, cada vez más escasas, por la competencia de otros aeronautas más atrevidos, los cuales en vez de barquilla se elevaban en trapecios, haciendo ejercicios gimnásticos muy lucidos y arriesgados. Para colmo de desdicha, el globo se deshizo, y el maestro de Dansant murió al poco tiempo de una afección pulmonar, pidiendo aire.

—Héteme aquí médico sin clientes y sin recursos; mi maestro ha muerto por falta de aire en los pulmones: el aire es el principio de la vida; yo he vivido siempre del aire, ya soplando con un fuelle, o haciendo abanicos para dar aire, o recorriendo la atmósfera en un globo. ¡Bah! Tengo travesura y no puedo menos de flotar en todas partes. Y meditando acerca del aire, Mr. Dansant inventó la aeropatía.

Todo el que pretende pasar por sabio, busca un país en donde no se le conozca: Mr. Dansant se embarcó para Inglaterra, y en todo su viaje tuvo el buque viento en popa; pocos días después de su llegada a Londres, se leía en el Times el siguiente anuncio:

«Mr. Dansant, médico aerópata».

Ha llegado de París, después de haber salvado la vida a 2.000 enfermos, sin más auxilio que el del aire.

En el aire está la salud y es inútil buscarla en otra parte. En la atmósfera hay una oficina de farmacia. Cada sorbo de aire que aspiramos es un trago de vida. El aire es el más eficaz de los agentes terapéuticos.

Mr. Dansant tiene innumerables certificados de sus curaciones prodigiosas. Admite consultas en su casa al precio de una libra; cinco, si se le llama a domicilio; gratis a los pobres, si presentan:

1.º, certificación de buena conducta;

2.º, una prueba de pobreza suscrita por cien vecinos;

3.º, declaración en que conste que el enfermo es hijo de legítimo matrimonio;

4.º, otra de la policía en que se afirme que nunca ha comparecido ante el jurado por infracciones de ley;

5.º y último, un documento que acredite que practica alguna de las religiones positivas.

La teoría aeropática está desarrollada en un folleto que se vende en casa del doctor.»

Aquel anuncio alarmó a los farmacéuticos de Londres, entre los cuales se agotó la edición primera del folleto: en toda población grande hay millares de enfermos que han ensayado inútilmente todos los sistemas; éstos fueron los primeros clientes del aerópata: las escuelas médicas, desatándose en invectivas contra el intruso, contribuyeron a su celebridad; la novedad del sistema le puso en moda; en pocos días vendió un considerable surtido de abanicos higiénicos; dos meses después un especulador se asoció a Mr. Dansant, facilitándole los fondos para fundar un establecimiento digno de la gran ciudad de Londres.

II.

El edificio, situado en una altura, está sólidamente construido para aprovechar y resistir todos los vientos del mar y de la tierra. Consta de varios pisos, y le rodean cuatro torres con magníficas veletas; las azoteas son un verdadero paseo, por donde salen a airearse los enfermos; cuatro globos constantemente hinchados y amarrados a cables gruesos, que, mediante unas cigüeñas, permiten elevarse el aparato a la altura en que deben tomar el aire los dolientes, permanecen en el espacio inmóviles ú oscilantes, según el estado de la atmósfera. Adornan la fachada principal la estatua de Eolo y la rosa de los vientos. Los pisos superiores son un verdadero hotel en que la comida y la asistencia, a pesar de su suntuosidad, son gratuitas; sólo pagan los huéspedes el aire que respiran, clasificado en varios precios.

Una maquinaria complicadísima establece y lleva por conductos a las respectivas dependencias, corrientes de aire a toda clase de temperaturas, aumenta o disminuye su velocidad por medio de graduadores, y los coloca en diversas condiciones para obrar de distinto modo en el enfermo. Aquéllas desembocan por anchas compuertas o estrechos tubos, según tengan que ejercer acción en un espacio grande o reducido. Las salas de la enfermería llevan el nombre del aire a que se hallan sometidas, y se llaman: sala de aire helado, sala de aires húmedos, sala de aires rápidos, de aire sofocante, de aires colados, de aires enrarecidos, dulces y salados. Una máquina de vapor da movimiento a los diferentes aparatos, calienta el aire, pone en juego una poderosa máquina neumática y desequilibra la temperatura de los depósitos, para producir las corrientes y dirigirlas a través de los tubos y galerías; numerosos aerómetros marcan la velocidad de las corrientes; el viento silba dentro de las habitaciones, y el ruido de la tempestad es constante en el interior del edificio. En el patio hay columpios de diversos sistemas para que el enfermo se airee en todos sentidos, y cestos sujetos a elevadísimas poleas, en que aquél es arrojado desde una gran altura cuando el médico le receta aire vertical. Las señoras no pueden atravesar por ciertas galerías sin sujetarse los vestidos; varios molinos de viento aprovechan el aire sobrante; algunos dependientes llenan vejigas y pellejos de aires salutíferos que se exportan a los puertos extranjeros.

Un vigía, colocado en la azotea y con la vista fija siempre en las veletas, anuncia todo cambio de viento.

De pronto grita en las alturas: «¡Viento Sudoeste!», y llenan al momento la azotea todos los enfermos a quienes aquel aire está prescrito.

Mr. Dansant reconoce a los enfermos en un lujoso gabinete y escribe en un impreso el tratamiento. Sólo presencia algunas operaciones peligrosas, como la de la sala de los torbellinos, en que el doliente, combatido por corrientes de gran poder y opuestas, gira sobre sí mismo, choca contra las paredes acolchadas y es elevado por el aire, hasta que le retiran sin sentido; o las caídas verticales cuando la altura pasa de cien varas; o las cauterizaciones aéreas, con corrientes salidas de hornos encendidos; o la ascensión tumultuosa, que consiste en sufrir una tempestad en la barquilla de los globos; o el columpio gigantesco, en el cual se balancead paciente en una cuerda a cien pies de altura, describiendo arcos de veinte o treinta varas sobre el abismo. Dos o tres paralíticos recobraron por espanto el movimiento en aquellos aterradores ejercicios; otros varios espiraron en la prueba.

Alguna vez entraba en el gabinete del doctor un practicante y le decía:

—Los caballeros que bajaron ayer al subterráneo han amanecido tullidos.

—¡Magnífico!, exclamaba Mr. Dansant, ahora se verificará la reacción; que los pasen a la sala de los aires sofocantes. Todo lo había previsto.

Los enfermos, en aquella agradable transición del frio al calor, experimentaban un alivio físico, que creían ser de la dolencia principal que padecían.

Cuando el mal resistía al tratamiento, Mr. Dansant tomaba el partido de alejar a los enfermos.

—Caballero, dijo a uno de ellos cierto día, he agotado los recursos del establecimiento; el estado patológico de V. ha mejorado, he conseguido acelerar la circulación de la sangre; pero la curación completa no puede lograrse sin someterle a V. a la acción del Siroco.

El enfermo respondió temblando:

—Haga V. de mí lo que sea necesario.

—Es que ese viento no lo tenemos en la casa.

—Pero, ¿no tienen ustedes aires abrasadores?

—Amigo mío, V. los necesita calentados por las arenas e impregnados de las emanaciones del desierto. Debe V. partir inmediatamente para el África.

—¿Y no podría V. recetarme otro viento?, replicó el doliente con acento suplicante.

—Sí señor, el Simoun; pero sólo le encontrará en el Asia.

El establecimiento aeropático era también casa de aclimatación para personas recién llegadas de los países tropicales; la habitación del forastero se sometía paulatinamente a toda clase de temperaturas, desde la más elevada a la más baja. Al mes de su entrada en el edificio, un habitante de Jamaica se hallaba en aptitud de pasearse por el círculo polar en traje de batista.

La aeropatía había sido muy bien acogida por las damas, cuyos padecimientos nerviosos y morales curaba con céfiros suaves, brisas perfumadas, viajes por Italia, carreras a caballo y cambios de aire bruscos y continuos, desde la atmósfera del tocador a la libre de la calle, de ésta a la de las galerías de un museo, y luego a la enrarecida de los teatros y conciertos. La mano de un galán, oprimiendo la espalda de una dama, mientras el cuerpo giraba walsando en una atmósfera ondulante, surtía, según Mr. Dansant, el efecto de una bizma.

Sucedió que un día se inscribieron en el registro del doctor estos dos nombres:

«Temístocles Diranzo, propietario, natural de Buenos-Aires, edad cincuenta años. Catarro crónico.

»Aura Diranzo, su hija, id., edad diez y seis años. Palpitaciones en el pecho».

Mr. Dansant, después de reconocer a D. Temístocles, le dijo con acento grave:

—Voy a someterle a V. al tratamiento de una corriente marina ecuatorial balsámica de primer grado. Permanecerá V. en su cuarto siete días.

—En cuanto a esta señorita, necesita un régimen diametralmente contrario. Aires nocturnos de azotea.

—Cuando llegue su aya podrá empezar a medicinarse, dijo D. Temístocles.

—Sería perder un tiempo precioso, contestó Mr. Dansant animado con las dulces miradas de Aura: esta noche tendré el honor de acompañarla.

Y mientras el padre y la hija salían del gabinete en compañía del conserje, murmuraba entre sí el facultativo:

—¡Aura, natural de Buenos-Aires! ¡Yo, Dansant, fundador de la aeropatía!

Y apoyando la cabeza sobre las manos, quedose haciendo castillos en el aire.

III.

Las veletas estaban inmóviles, como descansando de una gran fatiga. La niebla, menos densa que de ordinario, envolvía en una nube el edificio; habían cesado los silbidos del viento artificial de la maquinaria; la atmósfera estaba completamente sosegada, y en medio de aquella calma general, la imaginación de Mr. Dansant parecía un torbellino.

Aura, envuelta en un hermoso abrigo de pieles, se apoyaba en el brazo del doctor; la azotea estaba solitaria, únicamente en la parte más oscura de la galería se podía divisar, fijando mucho la atención, un bulto informe que espiaba a la pareja; pero Mr. Dansant, por un exceso de galante delicadeza, paseaba por los sitios más iluminados. Es verdad que en ellos podía ver más a su gusto los negros y expresivos ojos de la hermosa americana y su blanca mano, que asomaba a veces entre las pieles, desnuda de guante, pero cuajada de diamantes brasileños.

La conversación había sido larga y animada, como de una niña que, para buscar alivio a su mal, refiere a un médico joven y complaciente la historia y el origen de unas palpitaciones en el pecho. Palpitaciones inocentes, producidas por las ausencias de su padre para activar la explotación de minas lejanas, o recorrer las pampas donde pacían a millares sus ganados. Dansant se sentía conmovido ante aquella espléndida belleza que poseía tan espléndida fortuna, y cuyos ojos, con la candidez de la poca edad, le hacían pudorosas confidencias.

Mr. Dansant era demasiado previsor para aventurarse antes de tiempo; pero notaba que el influjo de aquellas miradas suaves estaba a punto de destruir la gravedad y compostura que necesitaba al ejercer su severo ministerio.

—Las brisas no han querido favorecernos esta noche; sería peligroso prolongar este paseo en una atmósfera tan calmosa, dijo con acento amable, pero firme.

Aura le dirigió una mirada que parecía significar dolorosa resignación, y el doctor la condujo a su aposento; cuando se cerró la puerta de éste, Dansant quedó inmóvil un buen rato, creyendo ver ante sí todavía a la americana, pero más seductora y más aérea.

Al fin volvió en sí y exhaló un gemido involuntario al ver enfrente a otra mujer, también hermosa y joven, pero colérica y amenazadora, que, apoderándosele de su brazo, ocupó el puesto de Aura.

Era Miss Séphora Wind, doctora en medicina y cirugía, e hija del farmacéutico Mr. Wind; mujer hermosa y atlética, cuya mano varonil no sólo parecía propia para manejar el escalpelo, sino que era digna de una lanza.

Mr. Dansant apretó el paso, temiendo una explicación en voz alta a la puerta misma de Aura, porque la voz de Séphora era sonora como el trueno. Ya lejos, dijo con enojo:

—Es preciso que concluyan las molestias que toma usted para espiarme. Quiero quedar libre como el viento.

—Ni aún el viento es libre desde que tuvo V. la serenidad de someterle a su sistema.

—¿Con qué derecho me persigue V.?

—¿Y con qué intención evita V. mi Compañía?

—Acabemos; la amistad de V. me honra, pero me abruma.

La robusta inglesa quedó inmóvil y pálida, pero, sobreponiéndose a su emoción, dijo con acento solemne:

—No tengo derecho, según la ley, para importunarle; V. no me ha hecho promesa formal de matrimonio: en cambio, mientras satisfacía a su ambición la modesta fortuna de mi padre, me hacía V. continuas declaraciones con los ojos. Por eso y sin creer en la aeropatía, he estudiado el sistema, he perfeccionado algunos aparatos, he aprendido hasta el manejo de los globos y he sido cómplice de V. en algunas defunciones; he contribuido a la prosperidad de V. imaginando trabajar al mismo tiempo por la mía.

—Ese estudio le ha servido a V. para aumentar sus conocimientos, amiga mía.

—¿Y tiene V. valor para suponerse mi maestro? ¿De una profesora que, con asombro de la facultad, ha ligado una carótida?

—¡Qué horror!, dijo Mr. Dansant; y ha derramado sangre humana; nuestras opiniones médicas nos separan yo hubiera restablecido la normalidad de aquella arteria sin más auxilio que el del aire.

—Es V. un impostor.

—Y V. infiere heridas mortales a sus clientes, y su padre de V. ensucia el estómago de los habitantes de Londres.

—¡Qué ingratitud! Ayer mismo decía yo a mi padre: «conviértase V. a la aeropatía; el agua es el principal elemento con que hace V. hoy sus combinaciones; ¿por qué no ha de servirse V. del aire, cuya adquisición es más sencilla y cuyas aplicaciones son más inocentes?»

»Pues bien; quizás podría renunciar al amor que V. me inspira, pero nunca a la retribución de mis trabajos. La joven en quien V. se ha fijado no ha de pertenecerle, ¿lo oye V.? Sabré advertirla.

—Señora, para evitar imprudencias que comprometan la salud de mis enfermos, prohíbo a V. la entrada en mi establecimiento.

—¿Me arroja V. de su casa?, dijo Séphora con acento amenazador. Pues bien; guerra a muerte.

Mr. Dansant se alejó precipitadamente al observar la actitud imponente de Miss Séphora.

El doctor soñó aquella noche en grandes llanuras sin árboles, todas dedicadas al pasto, y vió galopar por ellas manadas interminables de caballos que aprisionaba con un lazo en las pampas de Buenos Aires: vio rocas que se abrían ofreciéndole magníficos filones argentíferos, y vio a Séphora persiguiendo a la pobre Aura, bisturí en mano, hasta que conseguía derribarla en tierra y ligarla la carótida.

IV.

Mr. Dansant era feliz; Aura le correspondía.

Todas las mañanas la hermosa niña recibía un obsequio aeropático; apenas el alba filtraba su luz tibia por los vidrios de la ventana, penetraba en la alcoba una brisa suave cargada de perfumes. Otra brisa balsámica saturada de olores narcotizantes, la adormecía por la noche. Aura recompensaba aquellas galanterías permitiendo al doctor besar la piel blanquísima de su abrigo.

En uno de los paseos nocturnos en que el médico y la niña hablaban de su amor, y ésta ponderaba los obstáculos que opondría el carácter de su padre, dijo Aura de repente:

—¿Qué capital es el de V.?

Mr. Dansant quedó frio ante aquella pregunta inesperada.

—Doscientos mil francos, contestó con voz temblona.

Una extraña alegría lució en el rostro de Aura y llenó de sospechas la imaginación de su amante, pero los recelos se convirtieron en júbilo extraordinario al oír estas palabras burlonas de la niña:

—¡Ja!, ¡ja! Es preciso ocultárselo a mi padre. El capital de V. es nuestra renta de dos meses, y don Temístocles es calculador, comerciante y algo avaro.

A pesar de su dominio sobre sí mismo, Mr. Dansant, en un estremecimiento involuntario, oprimió el brazo de Aura.

—¿Qué tiene V.?, exclamó ésta mirándole fijamente.

—¡Nada, nada!, un desvanecimiento: los obstáculos me parecen insuperables y tiemblo por mi suerte.

Aura, con tono grave y voz reposada, dijo alzando los ojos al cielo, para dar mayor solemnidad a su promesa:

—Sea cual fuere la desigualdad de nuestras haciendas, prometo ser esposa de V. y nunca de otro. Cuando una joven hace en mi país esta declaración, cumple siempre lo ofrecido. Yo mismo tantearé las intenciones de mi padre; si no podemos obtener su beneplácito, huiremos de su lado y nos casaremos en Suiza, donde esperaremos que se digne perdonarnos.

El Doctor, aunque era enemigo de ciertas actitudes que sólo se usan en las comedias, creyó que en aquel caso no podía prescindir de arrodillarse; hecho esto, se apoderó de la mano de Aura con intento de besarla: la pudorosa joven, retirándola precipitadamente, dijo con coquetería:

—¡En el abrigo! Mientras continuemos solteros, nada más que en el abrigo.

Las brisas que aquella noche embalsamaron la alcoba de Aura fueron más exquisitas, más fragantes; parecía que el espíritu enamorado del Doctor, saliendo de un frasco de esencias, daba las buenas noches a su amada en forma gaseosa.

V.

Mr. Dansant era desgraciado: el prestigio de la aeropatía declinaba, y Aura no tenía esperanzas de que su padre accediese a sus deseos: D. Temístocles permanecía encerrado en su gabinete, aspirando aires marítimos y alimentándose de volátiles, manjares expuestos al sereno, jamón curado al aire, buñuelos de viento y otros platos higiénicos.

Séphora Wind hacía una oposición terrible al sistema aeropático, publicando comunicados en los periódicos serios, e inspirando caricaturas en los satíricos; monsieur Dansant aparecía en los grabados, ya recetando un vals corrido a un paralítico, o el ejercicio de la escalera aérea a un apoplético. En una de las caricaturas figuraba nuestro héroe haciendo entrar a la fuerza en su establecimiento a un caballero atropellado por un coche.

—¡Señor!, decía el enfermo resistiéndose: el sistema de V. de nada me aprovecha; necesito que me amputen este brazo.

—En mi casa hay de todo, caballero; le amputaremos lo que guste; tengo aires que cortan.

Se insertaban además relaciones de las personas agravadas por someterse al tratamiento aeropático, y estadísticas mortuorias: Dansant había cobrado a Séphora un miedo irresistible, porque conocía la tenacidad de su carácter. Los enfermos, por efecto de aquella guerra implacable, empezaban a escasear en la casa de salud, cuyos ingresos disminuían cada dia. Todo presagiaba una caída ridícula y estrepitosa.

En esta situación apurada hallábase Mr. Dansant, cuando entró en su despacho un caballero de edad madura y de aspecto severo e imponente. El doctor quiso tomarle el pulso, pero el desconocido, retirando la mano, dijo con misterio:

—Tome V. sus precauciones para que nadie nos escuche.

Mr. Dansant cerró dos puertas, y volviendo al despacho aseguró a tan misteriosa persona que nadie podía oir lo que tratasen.

—Pues bien, Mr. Dansant, nuestra común desgracia nos asocia: yo soy un hombre honrado, que he vivido siempre de mi buena reputación, de mi probidad intachable, de mi moralidad indiscutible.

—No lo pongo en duda, caballero.

—Sin embargo, voy a convencer a V. de que mi honradez es usurpada.

—Lo creo, caballero, no necesita V. probármelo.

—He derrochado la dote de una huérfana confiada a mi tutela, y hallándome próximo a rendir cuentas, mi reputación, adquirida en treinta años de costumbres irreprensibles, va a sufrir el más rudo de los golpes. Esto me obliga a vender a V. mi honradez, único medio que tengo ya de conservarla.

—Mister...

—Keen...

—Pues bien, Mr. Keen, siento decir a V. que poseo la honradez suficiente para no necesitar comprar la suya a nadie. Además, si es cierto lo que acaba V. de asegurarme, V. trata de vender lo que no le pertenece.

—Amigo mio, no nos entendemos. Si mi posición es crítica, la de V. no lo es menos; la aeropatía decae rápidamente, y le propongo a V. salvarla. Y como mi probidad es una garantía para que no pueda sospecharse que sea capaz de prestarme a una superchería, he empezado disfrazándome al venir a esta casa, y encomiando mi honradez, de que puede V. cerciorarse antes de aceptar el plan que le propongo.

Mr. Dansant escuchaba con gran curiosidad. Mister Keen continuó hablando:

—Caballero, he decidido morirme: el prometido de mi pupila, médico de mi casa, a quien he confiado mi propósito, único que puede salvar mi honra y el capital de su futura, no tiene inconveniente en certificar mi defunción, por la cual vengo a pedir a V. 3.000 libras esterlinas...

—¡Caballero!

—Un poco de calma: pasado mañana se celebra un meeting contra la aeropatía: mi féretro pasará precisamente por delante del edificio cuando se perore contra usted y su sistema. ¡Qué gloria la de V. y qué confusión para sus enemigos, si propone resucitar por medios aeropáticos el primer cadáver que se encuentre V. en la calle!

—Luego V. me propone...

—Fingirme el muerto, ser encerrado en un ataúd y hacer triunfar la aeropatía, dejando a V. que me resucite. La multitud aplaudirá el milagro, y los periódicos y el telégrafo, difundiéndolo por toda Europa, multiplicarán en las arcas de V. las 3.000 libras esterlinas. Yo seguiré siendo un hombre honrado, mi médico recibirá la dote de su esposa y V. será considerado como el primer sabio del mundo.

VI.

Jamás sistema científico recibió tan rudo golpe como el que experimentó la aeropatía en el más famoso de los meetings. Ningún inventor se vio tratado con tal desprecio como Mr. Dansant en aquella sesión tumultuosa. Burlas de los oradores, rechifla de la multitud, voces desaforadas entre las cuales sobresalía la de Séphora, y apóstrofes sangrientos contra el impostor resonaban en la ancha sala donde se pronunciaban los discursos. La voz de algún enfermo agradecido, que trató de certificar la eficacia del sistema, fue ahogada por los concurrentes indignados. La casa de salud de Mr. Dansant aparecía ante la asamblea, merced a las descripciones de los tribunos, como una lóbrega cárcel en cuyos calabozos esperaban la muerte o el tormento muchos desgraciados; era una nueva Bastilla, o una cárcel inquisitorial llena de instrumentos de martirio, que era preciso hacer pedazos demoliendo el edificio.

Tal aspecto ofrecía la reunión cuando Mr. Dansant compareció ante sus enemigos para lanzarles el reto más atrevido que ha dirigido médico en el mundo, desde Esculapio a Suñer y Capdevila.

Es verdad que los murmullos y la gritería le favorecieron, justificando aquel arrebato, aquel alarde que se consideró como un acto de acaloramiento y de locura, pero del cual se aprovecharon sus adversarios para hundirle en el descrédito. En medio de la tempestad y el vocerío con que se interrumpía el exordio de su discurso, vio Mr. Dansant la señal que le anunciaba la aproximación del convoy fúnebre, y fingiendo un rapto de entusiasmo, dijo con voz potente:

—No me escucháis... porque teméis ser confundidos. Negáis la aeropatía porque no está a vuestro alcance. Pues bien; traedme un cadáver y yo le daré vida: si esto os parece una jactancia o un medio de ganar tiempo, detened el primer féretro que pase por la calle y dejad que someta el cadáver a la acción de mis máquinas; yo volveré la circulación a su sangre y la respiración a sus pulmones.

Aquella provocación irritó a la concurrencia de tal modo, que los más exaltados se lanzaron hacia monsieur Dansant; la policía creyó oportuno rodearle.

—¡Dejadle! ¡Dejadle!, decían algunos; obliguémosle a que cumpla su promesa. Respetad su vida: sólo merece la muerte del ridículo.

Mr. Dansant fue empujado tumultuosamente fuera de la sala; los adversarios del sistema aeropático se frotaban las manos de contento; ya era tiempo de que monsieur Dansant respirase el aire libre; un momento más entre aquella muchedumbre compacta que le impedía el movimiento, y el inventor de la aeropatía hubiera muerto sofocado. Un féretro había sido detenido en la calle por la gente que quería obligar al médico a cumplir lo prometido. El carruaje fúnebre era una especie de ómnibus coronado de penachos negros, y en el cual gemían los parientes del difunto: el ataúd iba debajo en el fondo del carruaje, según la costumbre de Inglaterra.

Mr. Dansant palideció a la vista del fúnebre aparato, calculando con terror los riesgos que ofrecía su empresa, y deplorando que hubiese llegado tan a tiempo; temía que sospechasen la verdad sus enemigos.

—¿Por qué detenéis el carruaje?, decía desde su asiento uno de los parientes enlutados, dirigiéndose a la muchedumbre.

—¡Que hable Mr. Dansant! A él solo corresponde la respuesta.

Así exclamaban algunos mal intencionados gozándose en el apuro en que habían puesto a su contrario.

—Sí, sí, que se explique, respondieron muchas voces.

—Señores, exclamó Mr. Dansant con voz muy conmovida, soy un médico aerópata, que confiado en los recursos de la ciencia que practico, he prometido demostrar su eficacia resucitando el primer cadáver que me permitan llevar a mi establecimiento.

Los parientes que iban en el carruaje, se miraron asustados.

—Caballero, dijo uno de ellos, tal vez ignoráis que la señora, cuyo cuerpo llevamos a enterrar, ha fallecido de vejez.

Mr. Dansant quedó aterrado; no era Mr. Keen el que se veía en la precisión de resucitar, sino un cadáver verdadero. Era imposible retroceder, sin embargo: pensó en fugarse, pero un círculo de enemigos le rodeaba por completo.

—Pues bien, sea cual fuere el género de su muerte, sostengo que puedo hacer vivir a esa señora, exclamó Mr. Dansant espantándose de sus palabras.

Los parientes deliberaron en voz baja. El infeliz aerópata sentía que las fuerzas le faltaban; nunca se había encontrado en una situación tan espantosa, y envidiaba la suerte del náufrago, que se hunde, honradamente al menos, en las aguas, mientras él iba a perecer entre silbidos.

Por fortuna, los caballeros enlutados eran herederos directos de la muerta, y uno de ellos se expresó de esta manera:

—Creíamos que las razones ya expuestas os hicieran desistir de un proyecto tan absurdo; los muertos no resucitan, y como tenemos esta convicción, no podemos consentir que el cadáver de nuestra buena parienta sea profanado y sujeto a estudios o experimentos; dejadnos continuar nuestro camino y respetad nuestro dolor.

—¡Tiene razón!, gritaron algunas voces.

—Es una comedia ya ensayada, dijeron otros.

—La prueba no puede verificarse, y cantará su triunfo fácilmente.

Mr. Dansant, lleno de alegría, y seguro de la resistencia de los herederos, quiso saborear el triunfo, insistiendo en sus afirmaciones.

—Conste que estoy dispuesto a resucitar a la difunta.

—Conste que nos oponemos a que se ultraje su cadáver, contestó el enlutado.

—¿Y con qué derecho negáis la vida a esa señora?, replicó Mr. Dansant con impudencia, si bien para irritar más a los parientes.

—Obliguémosles a que se haga la prueba, dijo una voz implacable.

Algunos impacientes se apoderaron de las riendas de los caballos, y Dansant, aterrado, creyó ver entre los que se disponían a dirigir el carruaje a la robusta Séphora, que le miraba con encono. Aquella complicación estuvo a punto de arrebatarle el juicio: después de salvado, él mismo se perdía.

Los enlutados pidieron auxilio a voces, y algunos *polishmen* empezaron a separar a los curiosos. La opinión de estos se había dividido; pero se hubiera entablado una lucha, tal era la impaciencia de todos porque se verificase el experimento, a no escucharse estos gritos a lo lejos:

—¡Otro féretro! Dejad ese: otro féretro se acerca.

Mr. Dansant respiró a plenos pulmones: los herederos también respiraron a sus anchas, y el coche fúnebre siguió su tristísimo paseo.

VII

Cuando el segundo carruaje mortuorio llegó al sitio en que Mr. Dansant esperaba, ya había circulado entre la multitud el nombre del difunto: era indudablemente Mr. Keen, seguido de un cortejo numeroso; las gentes se apartaban con respeto, en honor a las virtudes proverbiales del finado: nadie hubiera sospechado la comedia que representaba en su ataúd aquel ciudadano respetable.

Los interesados en la ruina del Doctor, los curiosos, todos unánimes, temiendo que se malograse el espectáculo, habían suplicado y obtenido, a fuerza de ruegos, el permiso de los parientes de Mr. Keen para que se hiciese con el cadáver aquella prueba decisiva. Así fue que el Doctor no tuvo que tomarse más trabajo que seguir a pie el fúnebre cortejo.

Millares de personas, atraídas por la novedad del caso, aumentaron la comitiva, acompañando en silencio el carruaje y mirándose unos a otros con sorpresa: los gritos habían cesado; sólo dominaban la curiosidad y la impaciencia.

La honradez notoria de Mr. Keen ayudaba perfectamente al engaño público, porque la defunción de aquel, anunciada con sentidos párrafos en todos los periódicos, desvanecía hasta la menor sombra de sospecha.

El carruaje se detuvo por fin ante el establecimiento aeropático: un agente de policía ofreció sus servicios al Doctor para contener la muchedumbre y velar por su seguridad, que creía muy amenazada. Mr. Dansant contestó que permitiesen al público la entrada en el patio de la casa, impidiendo que invadiese las otras dependencias: algunos curiosos, sin embargo, 'se posesionaron de las escaleras: Séphora, utilizando su conocimiento del local, se había apoderado de una ventana, desde la cual dominaba el espectáculo.

Cuatro hombres sacaron del carruaje el ataúd y le subieron a las habitaciones principales, en donde sólo se permitió entrar a los parientes del difunto. Sordos murmullos se alzaban en el patio y en la calle: las gentes se empujaban unas a otras para ganar los mejores sitios: los dependientes de la casa de salud estaban amedrentados. Mr. Dansant daba órdenes, y terminados los preparativos, asomándose a una de las galerías, habló así a la concurrencia:

«Señores:

Voy a intentar un hecho sin ejemplo en la historia de la medicina: el galvanismo puede dar movimientos, y acaso llegue a dar voz a un cadáver, pero es un fenómeno instantáneo, que cesa con la causa que lo produce: la aeropatía, sirviéndose de los principios vitales contenidos en la atmósfera, aspira a más, cree tener medios para infundir nueva vida en un cuerpo cuyo organismo no funciona. Pasado el acaloramiento con que hice mi atrevida promesa, no debo ocultaros que el resultado de esta prueba es inseguro».

(Grandes murmullos interrumpen el discurso.)

»Pero no desconfío, sin embargo; las máquinas están prontas; los aires salutíferos que han de vivificar los pulmones del cadáver se hallan en sus respectivos aparatos. Tres mil libras esterlinas me cuesta este singular experimento, y las doy por bien empleadas si consigo devolver la vida a un hombre cuya pérdida lamenta todo el pueblo. Tened paciencia, j suspended vuestro juicio hasta saber el resultado; el cuerpo de Mr. Keen yace en la sala de los torbellinos, en la cual voy a levantar una tormenta: antes de un cuarto de hora será devuelto a su familia vivo como nosotros, o muerto, si tengo la desgracia de no salir triunfante. Voy a someterle a todas las gradaciones aeropáticas, desde el vacío hasta el huracán desencadenado; voy a hacer en su obsequio un esfuerzo supremo, que será el último de esta naturaleza, porque, señores, debemos respetar los decretos divinos y no empeñarnos en devolver la salud a aquellos a quienes Dios, en sus altos fines, priva de la vida.»

Mr. Dansant fingía estar dudoso del éxito para dar más verosimilitud a la comedia; por el vocerío y las amenazas que suscitó su discurso pudo convencerse de su triste suerte, si en vez del cuerpo de Mr. Keen hubiera tenido que resucitar el cadáver de la anciana.

—Recuerda que la promesa fue solemne, decía una voz irónica.

—No creas que tu burla quede impune.

—Necesitamos dos vivos o dos muertos.

Estas y otras frases resonaban en el patio, cuando el Doctor se retiró de la ventana.

Mr. Dansant hubiera querido evitar a Mr. Keen las emociones violentas de la sala de los torbellinos; pero el estrépito de la maquinaria, el silbido de los vientos y los golpes de las compuertas eran necesarios para herir la imaginación de las gentes y dar una idea imponente y deslumbradora del sistema aeropático.

Diez minutos permaneció a solas con el fingido cadáver en la sala circular destinada a las tormentas; en aquel tiempo Mr. Dansant no cesó de abrir grifos, hacer silbar el aire de todos los conductos subalternos para que los empleados le creyesen ocupado en una operación larga y delicada: Mr. Keen permanecia inmóvil en el suelo respirando con precaución y sin atreverse a abrir los ojos; por fin oyó una voz que le decía al oído estas palabras:

—Va V. a sufrir la prueba última; soporte V. con paciencia la incomodidad que le preparo, y yo cuidaré de que no se prolongue mucho.

Luego sintió Mr. Keen que se cerraba una puerta: después oyó un gran estrépito, y le pareció que el viento le arrastraba: entonces abrió los ojos, y se vio, en efecto, llevado de un lado a otro por fuerzas irresistibles y contrarias: quiso agarrarse a algún objeto, pero el huracán no le permitía estar inmóvil: su cuerpo chocaba sin lastimarse contra las paredes acolchadas, pero le faltaba la respiración durante intervalos que se le figuraban interminables: todo giraba a su alrededor; los objetos perdían su forma, tomando el aspecto de fajas de colores diferentes: sus ideas se hacían cada vez más confusas, y cesaron por completo.

Mr. Dansant, entre tanto, calculaba desde fuera, reloj en mano, la duración del torbellino.

El público, cansado de esperar, había prorrumpido en insufrible clamoreo, llegando el vocerío a dominar el estruendo de las máquinas.

El Doctor dio la señal para que dejase de funcionar la maquinaria, una, dos y tres veces, pero en vano: el ruido popular ahogaba sus silbidos: aterrado, al ver el riesgo que corría la vida de Mr. Keen con la prolongación de aquel tormento, salió en persona para advertir a los operarios, pero éstos, espantados con el motín, y enterados de su causa, habían huido casi todos. Monsieur Dansant bajó a la máquina y consiguió, con gran trabajo, suspender su movimiento: cuando pudo abrir el departamento en que estaba Mr. Keen había pasado más de un cuarto de hora: el enfermo de mayor resistencia no hubiera sufrido aquel vaivén cinco minutos.

Mr. Keen yacía en el suelo inmóvil y demacrado.

Dansant se acercó a reconocerle y notó que sus arterias no latían y que su respiración había cesado por completo. Por un instante mantuvo la esperanza de que fuese aquello un accidente pasajero, pero una inspección detenida le convenció de que Mr. Keen estaba muerto.

Entonces Mr. Dansant huyó por una galería, pálido y con los cabellos erizados.

VIII.

Todo había concluido para el desdichado aerópata: su sistema iba a quedar hundido en el descrédito, y su casa a ser saqueada por las turbas. En aquel momento supremo Mr. Dansant concibió dos proyectos, que era preciso realizar acto continuo: uno para salvar su vida, y el otro para crearse un porvenir espléndido que le indemnizase con amplitud todas sus pérdidas.

Cruzó algunas habitaciones rápidamente hasta llegar a la de Aura, pero el gabinete de la americana estaba desierto y sus muebles en desorden. El tiempo apremiaba, porque los gritos de la multitud eran cada vez más aterradores; así es que Mr. Dansant, contrariado, se decidió a acudir únicamente al riesgo más inmediato, al de su vida, y subió precipitadamente por una escalera poco frecuentada.

Cuando llegó a la azotea bendijo su

buena estrella: Aura, con el cabello descompuesto y en actitud llena de espanto, se precipitó en sus brazos, diciéndole con voz desesperada:

—¡Sálveme V.! ¡Sálveme V.! La policía y el pueblo se han apoderado de la casa.

—Sí, sí, huyamos, dijo Mr. Dansant oprimiéndola en sus brazos. ¿Tiene V. el valor suficiente para unir su suerte con la mía?

—Es necesario huir, dijo Aura por única respuesta.

—Pues bien, exclamó Dansant con energía: entre usted en esta barquilla, y mientras mis enemigos echan a tierra mi casa, huiremos nosotros por el aire.

Aura retrocedió asustada: la idea de una fuga en globo la llenaba de terror.

—¿Vacila V. en acompañarme en este instante de infortunio?

—¿No hay otro medio de evitar el peligro?

—No nos queda más recurso.

—Entonces, alejémonos cuanto antes de esta casa, de Londres, y si es posible, de Inglaterra.

Dansant besó con reconocimiento las manos de Aura, y la ayudó a subir en la barquilla del más inmediato de los globos; ¿qué le importaba perder veinte mil libras esterlinas si llevaba consigo a la heredera de una fortuna tan considerable? Mientras el Doctor se acomodaba en su asiento y hacía los preparativos de marcha, el griterío del patio había tomado proporciones colosales, y Séphora se presentó en el lado opuesto de la azotea, revólver en mano, y en la mayor agitación.

El furor de la despreciada inglesa se convirtió en vértigo al ver a Mr. Dansant y Aura juntos en el canastillo y dispuestos a lanzarse en el espacio: al elevarse el globo, una bala silbó entre los dos felices amantes. Después Séphora, rugiendo de ira, se precipitó en la barquilla de otro globo.

Ya las gentes sabían el fracaso de Mr. Dansant, y deseosos de vengarse, habían arrollado a los agentes de la autoridad y roto una de las máquinas: una columna de aire frío, saliendo del interior de un subterráneo, hizo retroceder a los invasores, derribando sombreros y produciendo gran confusión en los amotinados.

En aquel momento todos los ojos se fijaron en la atmósfera, por la cual se elevaban paralelamente dos globos de iguales dimensiones.

Los aeronautas oyeron desde las alturas un alarido de furor que se alzaba de la tierra.

IX.

Mr. Dansant, al encontrarse libre y dueño de la opulenta americana, estuvo a punto de cantar un himno al aire, principio de la salud, fuente de la vida. Aura, tranquilizada con el dulce movimiento del aparato, empezaba a recobrar su animación y sus colores. El sosiego y silencio que reinaba en aquellas soledades, después del estruendo de que acababan de librarse, contribuía a devolver la tranquilidad a sus espíritus. Sólo cuando el globo hubo llegado a su mayor altura observó el Doctor con alarma otro globo que se mantenía a cierta distancia, y que reconoció ser de los suyos.

Como las barquillas, en la previsión de un accidente, como la rotura del cable que las sujetaba a la azotea, estaban provistas de todos los útiles necesarios para un viaje, Mr. Dansant tomó el anteojo para reconocer al aeronauta que sin duda le espiaba. ¿Cuál sería su sorpresa al ver a su enemiga con otros anteojos en la mano dirigidos a su globo?

La atmósfera estaba tan serena, que Mr. Dansant pudo encender un cigarro para observar si soplaba alguna brisa imperceptible, pero el humo se extendía indiferentemente en todas direcciones.

—La calma no puede ser duradera, pensó el aerópata, y las brisas nos dispersarán necesariamente: después miró la brújula y vio que Séphora se hallaba al N. O.

Iba vencida la tarde, y en el caso de que la ausencia de vientos continuase, el Doctor confiaba en las sombras de la noche para librarse de la inspección de su perseguidora.

¿Qué se había propuesto Miss Séphora al tomar una determinación tan arriesgada? En realidad no lo sabía: el hombre a quien amaba huía por los aires, y sus nervios no la permitían permanecer en la azotea, viéndole perderse entre las nubes. La serenidad del aire la ayudaba en su espionaje aéreo, pero conocía la imposibilidad de ir en su seguimiento. Al observar de lejos a su hermosa rival y al desdeñoso médico, su irritación iba en aumento y sus manos oprimían el revólver.

Media hora después, Mr. Dansant volvió a tomar el anteojo para calcular si había aumentado la distancia entre los globos, y tuvo el disgusto de notar que el rostro de Séphora era ya más perceptible, y parecía más vivo el color verde de su chai. Encendió otro cigarro, y el humo se desviaba con lentitud hacia el S. E.

Era indudable que una brisa tenue impulsaba el globo de Séphora hacía el suyo: pero como éste debía alejarse en la misma dirección, Mr. Dansant no se explicaba aquella disminución de distancia.

Así pasó otro cuarto de hora: el doctor observó con temor, que ya distinguía el alfiler de lava con que Miss Séphora abrochaba el chal sobre su pecho. Entonces comprendió que, estando menos cargado el otro globo, por contener una persona sola, oponía al aire menos resistencia, y que al cabo de quince minutos concluirían por encontrarse en la prolongación de un mismo radio terrestre, diferenciándose su posición únicamente en la altura, modificable a voluntad del aeronauta.

Trató de ocultar a Aura sus temores, la cual examinaba el globo de Séphora, no sólo sin desconfianza, sino con curiosidad y alegría, por ser el único accidente de aquella navegación, que empezaba a ser monótona.

Mr. Dansant estaba muy preocupado: habían cesado sus galanterías y no apartaba la vista de Séphora y de su revólver: conocido el carácter varonil de Miss Wind, era de temer la aproximación de aquella mujer que le perseguía por el aire.

Diez minutos después, Mr. Dansant y Aura oyeron claramente la voz robusta de Séphora, que decía, enseñando el extremo de una cuerda:

—Amarrad este cable a esa barquilla cuando los globos se reúnan, o hago fuego sobre el vuestro.

Aura dio un grito, y Mr. Dansant, temblando, procuró tranquilizarla.

Por primera vez en su vida el doctor renegó del aire, ante aquella brisa imperceptible que empujaba a Séphora en su persecución de una manera tan inesperada como inevitable.

—Es una loca, dijo Mr. Dansant a la americana: felizmente, su globo está muy alto y pasará sobre nosotros.

Parecía que Miss Wind los escuchaba, porque exclamó en aquel momento:

Sí, por cualquier accidente, mi cable no uniese ambas barquillas, romperé a balazos esa tela.

Y el globo de Séphora, que hasta entonces había economizado su gas para tener sobre sus adversarios la ventaja del descenso, dirigido con gran habilidad, descendió hasta colocarse casi al nivel del otro globo. Se hallaba a la distancia de unas veinte varas. Mr. Dansant, aprovechando un descuido de Séphora, arrojó el lastre de su barca y su aparato se elevó sobre el de su enemiga.

Miss Wind apuntó hacia el globo, y dijo con energía:

—Un minuto os doy para colocaros a mi altura. Mr. Dansant tiró de una cuerda suavemente, y su globo obedeció el mandato de la inglesa.

—¿Qué hace V.?, exclamó Aura, contrariada con la debilidad de su amante.

—Salvar nuestra vida: esa mujer está demente.

—No: esa mujer viene en mi busca.

Y la tímida americana, con una energía que Mr. Dansant no hubiera sospechado en aquella criatura delicada, se desembarazó de su abrigo y sacó un revólver del bolsillo, que dirigió hacia su adversaria. El médico estaba lívido, y se veía de un momento a otro atravesado de un balazo o precipitado al abismo, en aquel duelo femenino que iba a verificarse en medio de los aires.

Las dos rivales se apuntaban mutuamente, pero ninguna disparaba: la inmensidad del peligro había paralizado su acción, produciendo una tregua momentánea.

Mr. Dansant había llegado al colmo de la angustia: el mismo terror le hizo tomar una determinación salvadora: en un movimiento rápido e inesperado, arrancó el revólver de manos de Aura y le arrojó fuera del globo.

Aura le miró con indignación, y le dijo con desprecio:

—¡Es V. un cobarde!

—No: soy un hombre prudente, y me rindo, para evitar mayores males.

Desde aquel momento cesó toda resistencia: Séphora, con ademan de triunfo, arrojó el cable dos o tres veces, y Mr. Dansant hizo cuanto estaba de su parte para amarrar las dos barquillas.

Cuando estuvieron juntas, Miss Wind ordenó a monsieur Dansant que se trasladase a su globo.

—¿Qué pretende V.?, dijo Aura llena de miedo al oir aquel mandato.

Mr. Dansant quiso hacer observaciones, pero la inflexible inglesa le dijo con voz firme:

—Es el único medio que tiene V. de salvar la vida de esa señorita.

El médico bajó la cabeza y obedeció como un criado.

—Ahora, señorita, dijo Séphora cortando el cable y separando los dos globos, cuando tenga V. deseos de bajar a tierra, sólo necesita V. tirar de aquella cuerda.

Aura, ya acobardada, al verse sola, rompió a llorar, mientras el otro globo descendía.

El prisionero lanzó un suspiro al viento: al viento, que se llevaba su amada, su porvenir y su fortuna; al viento, que por primera vez le era contrario.

X.

Cuando se apearon de la barquilla los aeronautas estaba anocheciendo.

Habían caído dentro del mismo Londres, pero en una plaza retirada y solitaria.

Varios polishmen rodearon a los viajeros, y después de saludar con respeto a Mr. Dansant, uno de ellos dijo, encarándose con Séphora:

—Señorita, tenga V. la amabilidad de acompañarnos.

—No comprendo, caballero, respondió Miss Wind llena de sorpresa.

El agente sacó del bolsillo un papel y leyó con voz solemne:

—«Préndase a la llamada Aura Diranzo, convencida de robo de diamantes, y sobre la cual recaen sospechas de que intenta un nuevo crimen contra Mr. Dansant, médico aerópata; ha ascendido esta misma tarde en un globo, acompañando a dicho médico.» —El *polishman* recalcó las últimas palabras, mirando a Séphora con ironía: luego continuó, pero esta vez completamente desconcertado—: Vive en compañía de uno de sus cómplices, que se finge rico americano. Señas de la supuesta criolla: Estatura baja...

—Caballero, interrumpió Miss Wind, irguiéndose con orgullo: creo que no me convienen esas señas: le llevo a V. cuatro pulgadas.

El agente se inclinó con respeto y continuó la lectura.

—Ojos y cabello negro...

Séphora no le permitió proseguir; su cabello rubio y sus ojos azules hacían la equivocación palpable y evidente.

Sepa V., dijo con arrogancia, que soy Séphora Wind, doctora en medicina, hija del farmacéutico Mr. Wind, persona honrada y conocida.

Mr. Dansant, que había permanecido silencioso y como anonadado al oír la revelación de la policía, tendió as manos a Séphora con reconocimiento: le había salvado tal vez de la deshonra; luego exclamó, dirigiéndose a los *polishmen*.

—Caballeros, la persona a quienes VV. buscan, está en el aire, en otro de mis globos. Respondo de que esta señorita es Miss Wind, prometida.

—En efecto, la reconozco y testifico su identidad; añadió un agente de policía recién llegado al grupo: esta señorita ha hecho la operación cesárea a mi mujer.

—Es extraño, decían entre sí los agentes, retirándose después de haber pedido perdón a la ilustre comadrona. Todos afirmaban que Miss Séphora había subido sola en el otro globo: vaya V. a creer en los testigos.

Mr. Dansant, en medio de sus cuitas, debía al aire un nuevo beneficio.

—Y bien; ¿qué hacemos ahora? preguntó Mr. Dansant, cuando quedó solo con Séphora.

—Tomar un coche y acercarnos a la casa de salud para ver si se ha salvado siquiera el edificio. La oscuridad de la noche impedirá que nos conozcan, respondió Miss Wind; luego pediremos hospitalidad en casa de mi padre.

Media hora después llegaba el coche cerca del establecimiento aeropático; pero era imposible seguir más adelante: la multitud parecía más compacta aún que por la tarde; la agitación no había disminuido: hubiera sido una temeridad aventurarse entre aquel público indignado.

—¡Viva Mr. Dansant!, dijo una voz en medio de los grupos.

Séphora y Mr. Dansant se miraron sorprendidos.

—¡Viva! ¡Viva!, respondió un clamor unánime.

Miss Wind, que había sacado el revólver para defender a su futuro, no pudo resistir la curiosidad y abrió una ventanilla.

—Caballero, dijo a uno de los transeúntes, ¿tiene usted la bondad de explicarme lo que ocurre?

El inglés no se dignó contestar a la pregunta.

Dos veces pidió Séphora explicaciones a diferentes personas sin obtener respuesta alguna. Por fin dio con un inglés hablador y comunicativo, que exclamó con entusiasmo:

—¡Cómo! ¿No sabe V. lo que sucede? La gente busca al ilustre médico Mr. Dansant para aclamarle y bendecirle; el triunfo de la aeropatía ha sido completo; yo, que defendí al Doctor cuando le perseguían sus contrarios, tengo más derecho que nadie para prodigarle mis aplausos.

—Pero ¿qué triunfo es ése de que me habla V., caballero?

—¡Ahí es nada! La resurrección del honradísimo Mr. Keen, y la modestia con que Mr. Dansant se alejó en un globo para evitar la ovación que le esperaba.

El hablador se confundió entre los curiosos dando vivas.

—Esto es un sueño, dijo Séphora aturdida.

—No tal, no tal, respondió el Doctor lleno de júbilo, comprendiendo lo que había sucedido: anúncieme V. a las turbas en voz alta.

Cuando las gentes reconocieron a Mr. Dansant, aquello fue un delirio de entusiasmo; se improvisaron unas andas, se encendieron mil antorchas, se arrojaron sombreros al aire y fue conducido entre vítores a los brazos de Mr. Keen que le esperaba.

—Amigo mio, no volveré a entrar en la sala de los torbellinos, le dijo el resucitado en voz baja mientras le abrazaba.

Nadie oyó aquellas palabras, porque no era posible entender nada entre el estruendo de las aclamaciones populares. En medio de aquella extraordinaria ovación, parecía natural que los enemigos de Mr. Dansant estuvieran avergonzados y escondidos; pues sucedía todo lo contrario: todos ellos aseguraban que, aunque adversarios leales del Doctor, nunca habían dudado de su ciencia.

EPÍLOGO

Aura tuvo la poca suerte de que su globo cayese en casa del jefe principal de policía.

El telégrafo difundió la noticia de la resurrección, y la aeropatía fue reconocida en toda Europa como ciencia indiscutible. Algunos periódicos ingleses piden que se decrete su enseñanza oficial en las escuelas.

Séphora, hoy misstres Dansant, dirige, en ausencia de su esposo, el establecimiento de salud, y su padre, monsieur Wind, que ha convertido su botica en farmacia aeropática, se enriquece rápidamente vendiendo píldoras de aire.

FIN DE
MR. DANSANT, MÉDICO AERÓPATA

GESTAS, O EL IDIOMA
DE LOS MONOS

A MI HERMANO POLÍTICO

en prueba de cariño.

En los cuentos y en algunos libros religiosos del Oriente se supone o afirma que ciertos hombres han poseído el don de comprender el lenguaje de los animales. Difícil es averiguar si ha existido o no semejante ciencia, como es dudoso decidir si los cuentos se derivan de la historia o la historia se deriva de los cuentos. Parece probable que los animales se comunican entre sí y que sus gritos expresan algo, por lo cual es sensible la pérdida del antiguo y erudito diccionario en que se explicaba la significación del cacareo de la gallina, del zumbido de la mosca, de la carcajada de la hiena, y de los estrepitosos calderones del jumento. Tal vez, cuando los estudios filológicos se perfeccionen, hallarán los sabios analogías entre ciertos idiomas humanos y los lenguajes de las aves o cuadrúpedos, en que Nabucodonosor debió ser muy versado, y de los cuales quizá introdujo voces en su idioma, que trasmitidas de pueblo en pueblo, pueden haber llegado hasta nosotros. En tanto que se aclara este misterio, forzoso es ignorar si el lenguaje de los grillos es tártaro o semítico, y si tiene o no tiene hipérbaton el maullido de los gatos; y es imposible establecer diferencia entre lo que discurren muchos hombres y lo que acaso se dicen entre sí los habitantes de la selva.

Lástima grande que se haya extraviado aquel importante ramo de las ciencias, cuando cada semana brota una ciencia nueva: a no ser así, los monos de la Guyana, que viven en sociedad, las hormigas, que parecen comunistas, y las monárquicas abejas, nos dirían cómo se consigue el orden en sus formas diferentes de gobierno, puesto que entre los hombres andamos tan mal avenidos, que unos achacan todos los males al sistema republicano, y otros, como el doctor Yirey, hallaban este tan sano, que, según él, durante la revolución francesa, entre otras enfermedades , el flato desapareció de la república.

Revelación médica que conceptúo peligrosa, pues divulgado el fenómeno, los hambrientos o los que por debilidad de estómago padezcan aquella dolencia pueden lanzarse a la calle gritando: ¡Viva la república! no por interés político, sino como medida sanitaria[1].

Confiemos en que el secreto dejará de serlo pronto en esta edad feliz de los inventos, y que los hombres que puedan asomar la cabeza por el siglo XX, se tutearán con los papagayos y los monos, y entablarán con los osos, tigres y leones un animado comercio de pieles y de ideas.

---

[1] Este cuento se escribió antes de salir de España D. Amadeo de Saboya.

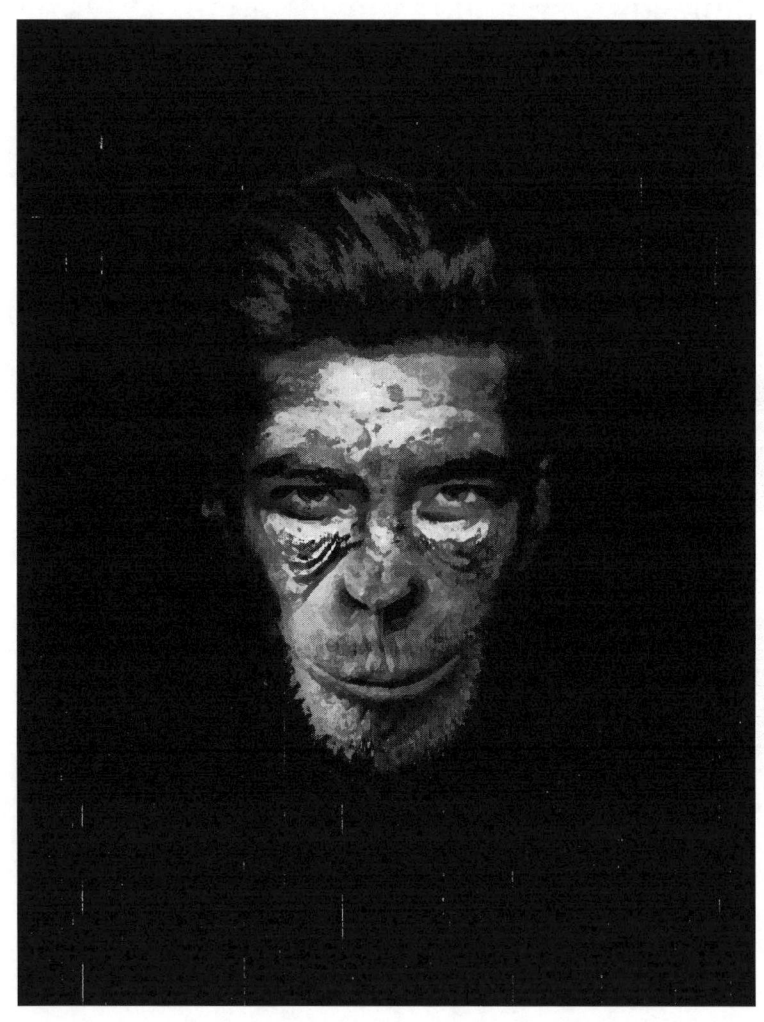

PRIMERA PARTE

I.

—No hay duda, este pobre animal me quiere decir algo.

Así pensaba el Sr. Barrientos, viendo que Gestas, su hermoso orangután, le miraba fijamente y hacía gestos de impaciencia, acaso porque su dueño no le comprendía.

Había motivos para dar importancia a todo lo que se refiriese a Gestas: este distinguido mono poseía un instinto de imitación que le hacía apto para toda clase de enseñanza, y manifestaba tal deseo de ser útil en la casa, que cada día se observaba en él un nuevo progreso. Introducía a las visitas en el despacho, servia la mesa y llevaba las cartas al correo. Habiendo notado que las criadas pasaban el plumero por unos bustos que adornaban el gabinete, Gestas se presentó aquella noche en la tertulia armado de un plumero, y con la mejor intención, deshizo los peinados de las señoras y derribó la peluca a un respetable contertulio. Oyó una vez el Sr. Barrientos que abrían sus cajones; asomose con precaución al despacho y descubrió a Gestas tomando unas monedas y mirando recelosamente como quien teme ser descubierto: acto continuo, el mono cerró el cajón, entró en el cuarto de un criado y depositó las monedas en un cofre. Aquel aviso sirvió al Sr. Barrientos para estar vigilante, y pocas horas después descargaba su bastón sobre las espaldas de un lacayo a quien sorprendió en el instante del delito. Gestas, que observaba el castigo, escarmentó en cabeza ajena y no volvió a repetir el atentado.

Divulgado el hecho, los criados respetaron a las criadas, se abstuvieron de saquear la despensa y dejaron de horadar los toneles temiendo ser descubiertos por el mono, espía misterioso que, sin hacer ruido, los seguía a todas partes, imitando después sus acciones en presencia de los amos.

El Sr. Barrientos había ensayado en vano todas las maneras de hacer hablar al mono: Gestas, colocado delante de aquél, repetía todos sus movimientos, imitaba su gesticulación y movía los labios con presteza, pero sin producir sonido alguno. Hubiéranse prolongado por mucho tiempo tan inútiles tentativas a no haber consultado Barrientos una obra de Camper (*Diss. de organo loquellce simianim*), en la cual se asegura que los orangutanes tienen el órgano vocal muy imperfecto a causa de dos sacos membranosos situados bajo la glotis, en los cuales se extinguen los sonidos. Propuso entonces a los mejores operadores de España la ligadura de los sacos, pero ninguno de los médicos consultados respondía de la vida de su mono.

El dueño del orangután, que obstinado en aquella idea fija había llegado a traducir a fuerza de observaciones, por el tono de los maullidos de su gato, las diversas necesidades de este animal casero, empeñose en que los monos, como animales superiores, no podían carecer de lenguaje. Y tanto meditó sobre este asunto y tales experimentos hizo, que concluyó por afirmar que los orangutanes tienen un lenguaje mímico y se hablan por señas en un idioma inalterable, el cual, si fuese comprendido y adoptado por los hombres, sustituiría con ventaja al nuevo idioma universal, que sólo hablan sus autores, si bien no me atrevo a afirmar que lo traduzcan.

Aquella idea luminosa, y la certidumbre de que Gestas podía imitar actos muy complicados, sugirieron al señor Barrientos un pensamiento atrevido. Pocos días después presentó a Gestas en casa de un profesor, a quien propuso admitiese aquel discípulo. El ilustrado y pacienzudo maestro, que era un pozo de ciencia y sólo recibía una escasa pensión pagada con atraso de un año, no se hallaba en disposición de rehusar ningún alumno, y aceptó el cargo de preceptor del orangután, que saltaba sobre las desvencijadas sillas haciendo cabriolas.

—No quiero tener noticias de Gestas hasta que su educación quede terminada, dijo Barrientos al maestro: mi cajero tiene orden de pagar todas sus cuentas. Yo le entrego a V. un mono: devuélvame usted un hombre.

Y Gestas, a contar desde aquel día, quedó en clase de interno en casa de D. Crisóstomo, sapientísimo profesor de sordo-mudos.

II.

Habían trascurrido unos dos años.

Acababa el Sr. Barrientos de tomar su desayuno, cuando le presentaron una carta: abriola con indiferencia, leyó su contenido, no sin interés, y concluyó por apretar un timbre y dar por el comedor grandes paseos, examinando de vez en cuando el papel con aire de sorpresa.

Pocos momentos después entraba en su aposento el señor López, que desempeñaba el cargo de cajero.

Barrientos le entregó la carta con maneras solemnes, y le dijo:

—¡Lea V.! La he recibido hace un instante.

El Sr. López repasó el papel con curiosidad, luego con asombro, y finalmente con espanto. Su principal le interrogaba con los ojos: el cajero permanecia inmóvil y como anonadado.

—Lo veo, y me parece imposible, dijo por fin el señor López.

—Haga V. el favor de leerme otra vez la carta.

El cajero leyó en voz alta y conmovida:

«Muy señor mio y dueño: No puedo menos de participar a V. el resultado de mis últimos exámenes: en las clases de Gramática, Geografía e Historia, Música y Dibujo, he obtenido la calificación de sobresaliente: en las de baile, esgrima, gimnasia y equitación, de eminentísimo. Según mi profesor, para la imitación de los clásicos tengo aptitud maravillosa.

Su agradecido mono, Gestas.

P. D. Todos mis condiscípulos han recibido regalos; yo quisiera una bata de D. Crisóstomo y im saltador como los que tienen casi todos mis amigos.»

—Esto es una broma, dijo el Sr. López: no puedo creer que un orangután sepa más que yo y salga sobresaliente en unas clases donde obtuve la nota de mediano.

Y volvió a repasar el escrito con escrupulosidad, como si se tratase de un billete de Banco falsificado.

—¡Ya di con el fraude!, exclamó por fin con vanidad dándose un golpe en la frente.

Y sin más explicaciones, salió del cuarto, dejando atónito al Sr. Barrientos y lleno de confusión y dudas.

Pasados algunos minutos volviose a presentar el cajero, trayendo un legajo de papeles, y dijo a su principal con aire de triunfo:

—Repase V. las cuentas del maestro; fíjese V. en la forma de la letra y en la firma, y verá que son idénticas a la letra y la firma de la carta.

Hecho el cotejo, resultó probada la superchería del maestro: el Sr. Barrientos estaba rojo de vergüenza.

—Es preciso llamar al profesor y confundirle, dijo el amo del orangután, amostazado.

Hágame V. el obsequio de enterarse en persona del asunto, y hacer que comparezca el profesor acto continuo.

Mientras el cajero desempeñaba su cometido, quedó el Sr. Barrientos examinando las cuentas y dando manifiestas señales de disgusto.

—¡Qué gastos tan crecidos!, repetía de vez en cuando el burlado caballero; sin duda el profesor se ha figurado que el mono es hijo mio.

III.

Media hora después se hallaban reunidos en el mismo aposento el Sr. Barrientos, su cajero y D. Crisóstomo. Este, en vez de callar abrumado por las reconvenciones del primero, se paseaba majestuosamente por el cuarto, Mientras sus interlocutores le contemplaban con admiración j le escuchaban con respeto.

—A VV. les alarmó seguramente el ver imitada mi letra por el mono: no sabían entonces que Gestas también copia todas mis costumbres, hasta el punto de purgarse una vez al mes por imitarme.

—Pero no nos ha dicho V. todavía, repuso el señor de Barrientos, de qué medios se ha valido V. para ilustrar a Gestas.

—Usted tuvo la idea, contestó modestamente don Orisóstomo, y yo me limité a observar la mímica del orangután para llegar a traducir correctamente aquel lenguaje. Con el fin de ganar tiempo, procediendo con método, hice un catálogo de todas las necesidades de los monos, de sus más naturales sensaciones y de los fenómenos perceptibles para una inteligencia rudimentaria.

Concluido este trabajo, comencé los experimentos por las necesidades más frecuentes, y noté que cada vez que el hambre le hostigaba, repetía el orangután un mis/mo gesto, significando con un signo, también determinado, su satisfacción cuando saciaba el apetito. No había duda: aquella gesticulación era un idioma, y era preciso verterla al castellano.

—¿Cómo no le arredraron a V. las dificultades de la empresa?

—Mi padre era alemán, respondió gravemente don Crisóstomo, y empleó veinticinco años en descifrar una inscripción escrita en un idioma ya perdido: la piedra se resistía a revelarle sus secretos, Mientras Gestas me ayudaba, sin sospecharlo, en todas mis tareas. Observé cómo expresaba la alegría y el disgusto; en los gestos que hizo la primera vez que aventuré algunas palabras en su idioma, advertí de qué manera manifestaba la sorpresa; descubrí cómo indican los monos la curiosidad, el enfado y el deseo de venganza; y de idea en idea, y de relación en relación, sorprendí los pensamientos y hallé por fin la clave gramatical de su lenguaje. Hoy poseo también su ortografía.

Barrientos y el cajero estaban asombrados.

—Dueño ya de su idioma, tuve con Gestas coloquios muy curiosos, y el cansancio físico me hizo desistir de educarle en su propio lenguaje, si así puede llamarse a un modo de expresión en que la lengua no interviene para nada; entonces emprendí la tarea de enseñarle el alfabeto, pero en vano; Gestas no comprendía el valor abstracto de las letras y hube de usar el método objetivo. Felizmente, se han descubierto sistemas para enseñar sin libros ni fatigas, pero me faltaba un signo con que advertir a Gestas que mis objetos equivalían a los gestos y movimientos con que expresaba sus ideas; me faltaba en el idioma símico el modo de indicar la idea de igualdad o analogía.

—¿Y pudo V. conseguirlo? dijo con interés el señor Barrientos.

—Por medio de una estratagema, dijo D. Crisóstomo, Coloqué sobre la mesa dos jícaras de chocolate exactamente iguales, Y cuando Gestas tomó una de ellas para sorber su contenido, e la arrebaté bruscamente de las manos, entregándole la otra. El mono miró ambas jícaras con sorpresa; noté que las comparaba escrupulosamente, después se fijó en mí e hizo au mohín muy marcado y de un género nuevo.

—Sin duda el mono quería decir que las dos jícaras eran iguales.

—Eso mismo supuse lleno de alegría; después he sabido que el mono sólo quiso decirme entonces: Es V, un majadero.

El Sr. Barrientos celebró la ocurrencia de su mono.

—A fuerza de repetir el experimento, obtuve el signo deseado, y entonces la educación se hizo más rápida; conseguí que dividiese las oraciones en palabras, las palabras en letras, y sus progresos me asombraron. ¿Creerán VV. que los monos tienen ciertas ideas más exactas que las de algunos hombres muy civilizados?

—¡Qué nos dice V.!, exclamó admirado el señor López.

—Aseguran que existen seres muy superiores a los monos, Mientras ciertos hombres no reconocen nada superior a ellos mismos.

—Es preciso que complete sus estudios, dijo el señor Barrientos lleno de entusiasmo. No repare V. en gastos y abónele al teatro si lo considera conveniente. Quiero que Gestas llegue a ser un mono sabio.

—¿Podría V. instruirnos en el idioma de Gestas?, preguntó con curiosidad el Sr. López.

—Tienen VV. los huesos algo duros y les costaría muchas agujetas. Es preferible que aprendan el alfabeto de los mudos, en el que Gestas es muy elocuente.

—¿Tan difícil juzga V. lo que propongo?

—Voy a darles a **VV**. una prueba.

Y D. Crisóstomo empezó a mover el cuerpo de una manera convulsiva, y a agitar todos los músculos de la €ara, alzando alternativamente las dos piernas, haciendo sonar los dedos, rascándose las orejas y la frente, y dando saltos extraordinarios y vueltas prodigiosas.

—¡Qué hace **V**.! ¡Qué hace **V**.!, repetían asustados Barrientos y el cajero, sujetando a D. Crisóstomo.

El sabio se contuvo, y recobrando su serenidad, respondió tranquilamente:

—Estaba conjugando un verbo en el idioma de los monos.

SEGUNDA PARTE

I.

«Uno de los motivos en que sin duda se apoyan los que juzgan al hombre descendiente del mono, es en el instinto de imitación, tan desarrollado en nuestra especie, lo que constituye la principal analogía entre los hombres y los monos.

Nace un pintor de estilo original, y, gracias a sus imitadores, forma escuela. Lanza a la sociedad sus sarcasmos o llora sus desencantos un Byron, y dos generaciones de poetas lamentan los mismos desengaños y se burlan de todo lo creado. Riza sus largas melenas uno de los hombres más hermosos de París y enfunda su cuello en una gran corbata, y todos los que se precian en Europa de hermosos y elegantes, adoptan la corbata y se rizan la melena. Abrese una fonda en sitio donde nunca hubo tales establecimientos, y a los pocos días se abren en el mismo sitio varias fondas. La sociedad humana comenzó por espíritu de imitación seguramente; a un hombre se le ocurrió elegir un terreno y llamarle suyo, y todos los demás hombres quisieron tener terrenos propios.

El mono, dotado de ese fecundo instinto de imitar, es un animal sociable y dispuesto a la civilización y a la enseñanza. Pues bien; al entregarle Gestas completamente educado, voy a proponer a V. un plan político.»

Así decía el sabio D. Crisóstomo tres años después de lo ocurrido anteriormente, mientras el Sr. Barrientos, radiante de alegría por el buen éxito de su idea, escuchaba con agrado al profesor, causa de su triunfo.

Don Crisóstomo, notando la atención con que se le oía prosiguió muy animado:

—Inútiles parecen los esfuerzos hechos para civilizar el África, cuya mayor porción es desconocida; las colonias europeas no prosperan como en otros países, y la raza negra, indolente y perezosa, resiste todo progreso.

Mi plan consiste, pues, en intentar la civilización de aquel continente por medio de los monos, más activos que los negros, aprovechando la instrucción de Gestas y mis conocimientos en el idioma simio, que poseo y he enseñado a algunos de mis discípulos. Si V. nos da su apoyo y su licencia, partiremos al país de Gestas a difundir la ilustración entre los orangutanes, regularizaremos sus costumbres, y antes de un siglo estos seres tan análogos al hombre, recorrerán el África inexplorada, no vagando ociosamente por las selvas, sino tomando apuntes, levantando planos, coleccionando hierbas y observando la dirección de las montañas y el curso de los ríos. Las naciones europeas comerciarán entonces con los monos...

—Basta, basta, mi apreciable D. Crisóstomo; ese plan es el sueño de un sabio, y agradeceré a V. que no lo divulgue: sería capaz el Gobierno inglés de separarme de mi mono.

Don Crisóstomo bajó la cabeza resignado.

—¡Cómo ha de ser!, dijo con tristeza el maestro; y sin embargo, el orangután, aunque le llaman simia satyrus, es un animal que no carece de "buenas cualidades; no practica la poligamia ni la poliandria.

—Necesito a Gestas, D. Crisóstomo.

—En ese caso, se le entrego ilustrado, humilde y obediente, como enseñado por mi ejemplo. Si no quiere V. tener en él un monstruo, presérvele de las malas compañías.

Y el sabio salió del aposento limpiándose las lágrimas con un pañuelo de hierbas, y tomando de un rincón su paraguas de familia.

.

II.

—La música es agradable y se pega mucho al oído.

—Los versos son ligeros.

—Y el desenlace está previsto desde luego.

Esta zarzuela se parece a la que gustó tanto hace dos años.

—Y gustará lo mismo que la otra.

—Sería una injusticia no aplaudirla habiendo obtenido aquélla tan buen éxito.

—¿Y se sabe quién es el autor? Así discurrían en un palco varias jóvenes en el intermedio de una zarzuela que se estrenaba aquella noche: un caballero abonado, persona que se preciaba enterada de todas las intrigas y sucesos teatrales, dijo con aire de importancia:

—La Empresa asegura que la música y la letra de la obra han sido remitidas por medio de un anónimo; pero yo sé quién es el autor, aunque no puedo revelarlo.

—¡Ay!, sea V. amable, dijeron en coro las del palco.

—¡Imposible! exclamó el abonado levantándose; ahora empieza el último acto, y hasta el final debo ser discreto; sólo diré a VV. que el autor y yo nos hemos criado juntos y tenemos un lejano parentesco.

—¡El autor! ¡El autor!, gritaban tres cuartos de hora después los espectadores.

—¡Es un plagio! ¡Me han robado el pensamiento! decían varios autores en distintos lados del teatro.

Pero el telón no se alzaba, aumentaba la curiosidad del público, y por consiguiente las voces, el taconeo y los aplausos. Después de algunos minutos de espera, uno de los actores se presentó en el escenario y dijo con voz solemne:

—El autor de la zarzuela que hemos tenido la honra de representar se encuentra en el teatro, pero suplica al público tenga mucha indulgencia con su físico...

—¡Su nombre! ¡Su nombre!

—¡Gestas!, dijo el actor con voz pausada.

—¡Que salga!, respondió el público.

Se oyeron dos gritos en la sala: el uno le exhalaba D. Crisóstomo; el otro salía de la garganta del Sr. Barrientos. El caballero abonado hacía señas a las damas ·del palco como preciándose de haber acertado en su pronóstico, y aplaudía a rabiar, haciendo gala de proteger a un amigo.

Y Gestas apareció en el escenario con un traje idéntico al que llevaba D. Crisóstomo.

Un estremecimiento general anunció su presencia en las tablas; un silencio momentáneo indicó la sorpresa del público, y una explosión de voces, palmadas y gritos discordantes expresó de una manera atronadora la opinión pública, al ver a Gestas haciendo cortesías y saludos con la dignidad del autor más ceremonioso.

El abonado se escurrió poco a poco de la sala sin atreverse a mirar al palco, después de su confesión de haberse criado y tener cierto parentesco con "un mono.

—¡Es mi discípulo!, decía D. Crisóstomo en voz alta y lleno de orgullo.

—¡Es mi mono!, exclamaba el Sr. Barrientos lleno de entusiasmo.

—¡Qué progreso! Los monos se han elevado a la altura del arte; esto sólo podía verificarse en el siglo XIX, vociferaba un mozalbete.

—¡Qué vergüenza! El arte se ha puesto al alcance de los monos, respondía un señor entrado en años.

Y seguía el entusiasmo del público creciendo cada vez más a cada movimiento de Gestas; las carcajadas cesaron cuando se fué desvaneciendo la duda que aún abrigaban algunos sobre la realidad del hecho, y sólo se oían bravos y palmadas interminables.

El favorecido Gestas, que calzaba zapatillas, y por la carencia de talones no podía conservar la posición vertical durante mucho tiempo, cayó al fin en cuatro manos, mientras descendía sobre su espalda una lluvia de flores y coronas.

III.

Tres meses después de su triunfo teatral. Gestas era el héroe del dia entre la buena sociedad madrileña; treinta días de permanencia en París habían producido en su físico una variación extraordinaria; un hábil operador le había extirpado el rabo sin dolores; un célebre perfumista le hizo caer todo el vello de su rostro; un ortopédico remedió con un aparato la imperfección de sus talones; unas pantorrillas de algodón disimularon la flacura de sus piernas; el sastre, el zapatero, el peluquero y otros industriales completaron la trasformación de Gestas, el cual salió a la calle vestido de una manera irreprochable. Cuando regresó a Madrid, su aspecto y sus modales, copiados de los mejores modelos y adquiridos en la fuente del buen tono, llamaron la atención en la Castellana y en los teatros.

La aristocracia de Madrid deseó poseer aquella maravilla, y Gestas, introducido en los salones, se hizo indispensable en aquel mundo elegante. No era completo un concierto, si Gestas no hacía prodigios con el violín en medio de los aplausos más nutridos; se creía desairada toda dama que no hubiera dado una vuelta de vals con nuestro héroe; los jóvenes de las mejores familias se honraban con ser acompañados en su carruaje por el mono, que guiaba con singular destreza los troncos más fogosos. Todas las tardes caracoleaba Gestas sobre un caballo en el paseo, coqueteando con las damas. De vez en cuando picaba toros a puerta cerrada con una cuadrilla de aficionados, que exponían a ser derramada por la fiera la sangre más noble de Castilla.

Un desafío victorioso acabó de ponerle en moda. Se habían verificado varios duelos, y Gestas experimentó la necesidad de batirse como los demás; felizmente todos los días tiene el que vive en sociedad ocasiones de enviar dos padrinos a un desconocido que se sonríe al pasar a su lado o le tropieza con el codo.

La casualidad presentó a Gestas un motivo grave y justificado para un duelo: visitando una casa, sus ojos se fijaron en un álbum colocado encima de un velador lleno de curiosidades: abrió el libro maquinalmente y le repasó con interés; el álbum, sólo contenía fotografías de monos que constituían un estudio completo de aquella gran familia, desde el tití más diminuto al orangután más corpulento. De repente, Gestas aprieta el libro con furor; había visto su propio retrato a la cabeza de la colección. No hubo arreglo posible; el mono y el coleccionista cruzaron los sables al siguiente dia en la Casa de Campo, y aunque el segundo era tirador consumado, y los monos no pueden esgrimir con tanta diversidad de movimientos como los hombres por la forma de sus dedos, tienen en cambio mayor agilidad; Gestas describía círculos asombrosos en torno del coleccionista, y una vez en que el sable de este debía dividir de un tajo a su contrario, según todas las reglas del arte, sintió el maestro que su cuchillada se perdía en el suelo y que el sable del mono le dividía la cabeza.

El éxito del desafío aumentó la consideración que disfrutaba Gestas, hasta tal punto, que los pollos más elegantes se empeñaron en imitar sus trajes y actitudes, desfigurando sus orejas y alargando el hocico para parecer orangutanes. Esto causó cierta molestia a Gestas, porque acostumbrado a copiar, le contrariaba ser modelo; sin embargo, tuvo que resignarse, porque el instinto de imitación era superior al suyo entre los hombres.

La equitación, la esgrima, el juego y los banquetes constituyeron las ocupaciones habituales de Gestas; muchas noches a la salida de una orgía, rodeado de sus aristocráticos compañeros, el orangután empleaba sus fuerzas y agilidad extraordinarias en desarmar a los serenos, en arrebatar una doncella de en medio de su familia, en trepar a los balcones para vejar a los pacíficos vecinos, y en escandalizar la población con sus excesos.

El Sr. Barrientos, a quien se iban haciendo onerosas las locuras de su mono, determinó reprenderle agriamente cierto dia, amenazándole con encerrarle en una jaula: preguntó por Gestas a los criados, y estos le contestaron que había asistido a la boda de un título de Castilla, no sabiendo si en calidad de convidado o de testigo. Esperó resignado su regreso, y una hora después anunciaron al mono los criados.

Crestas se presentó en traje de etiqueta, orgulloso y perfumado; exceptuando la gran magnitud de su cabeza, y no obstante la postura de su cuerpo, forzosamente inclinado hacia adelante, cualquiera le hubiera tomado por un *dandy* perfecto, procedente de una raza indiana.

El mono saludó respetuosamente a su dueño, y con aire distinguido, y empleando el lenguaje mímico, anunció al Sr. Barrientos que necesitaba enterarle de un asunto importante.

El dueño del orangután se sentó en la butaca sorprendido, y poco después creyó desfallecer al ver que Gestas le decía claramente y con un desenfado aristocrático:

—Sr. Barrientos, tengo el honor de pedir a V. la mano de su hija.

IV.

—Bien le decía a V. que le preservase de las malas compañías, decía D. Crisóstomo al Sr. Barrientos; felizmente todo el mal se convierte en bien, y del exceso del daño resulta un beneficio.

—Mi conciencia está tranquila al tomar esta resolución dura, pero necesaria; un estafador aprovecha la maravillosa habilidad con que Gestas imita toda clase de escrituras, y le induce a arruinarme y a robar a otros banqueros; otro criminal explota su agilidad y fuerzas, y a los robos por las alcantarillas suceden en Madrid los robos por los tejados y balcones. Por fortuna la estafa se descubre a tiempo y el causante de los robos.

Todo el mundo cierra sus puertas al mono galanteador, ídolo de la víspera, a quien salva su condición dé irracional e irresponsable. La autoridad me invita a que no deje de salir de casa a Gestas, y yo no puedo consentir que permanezca en ella a causa de mi hija.

—¿Será posible?

—Por desgracia: V. no sabe el efecto que produce en una niña frívola el que posee las habilidades en que Gestas sobresale; no importa que sea un mono si monta a la inglesa, baila con perfección un vals corrido y sabe alguna música. Felizmente mi hija ha dado en hacer versos, y no pasan del papel sus sentimientos. Lea usted sus últimas estrofas: «Huir contigo del mundo entero, y convencerme de que me amas, subiendo a lo alto de un cocotero y columpiándonos entre sus ramas. Vamos al África; de sus palmeras desprenderemos dátiles rojos: vamos al África, aunque las fieras se distribuyan nuestros despojos.

—¿Qué le parecen a V. estos versos, D. Crisóstomo?

—Veo que tienen muchas sinalefas.

—Señor D. Crisóstomo, sólo me preocupa V. en este asunto; su edad, las penalidades del viaje, la insalubridad del clima de Angola...

—Basta, basta; soy misionero de la ciencia, y la idea me pertenece.

—¿Es su resolución irrevocable?

—O civilizo el África, o me hago mono.

—Entonces aquí tiene V. las recomendaciones para el gobernador portugués de San Pablo de Loanda; el buque, fletado en Lisboa, contiene todo lo necesario para esta atrevida expedición: tiendas de campaña, ropas, armas, víveres, libros, carros portátiles e instrumentos.

—¿Gestas le ha dado a V. noticias del país?

—Fue cazado muy pequeño, y sólo recuerda vagamente cuando cruzaba los bosques de árbol en árbol, agarrado a los hombros de su madre.

—¿Y se halla ya conforme con el viaje?

—Al principio recibió la proposición con un acceso de furor y rechinando los dientes; después se fué calmando, y por último parte a su patria contento, dispuesto a imitar en todo mi conducta.

—Entonces, D. Crisóstomo, démonos un abrazo muy estrecho.

El Sr. Barrientos y el sabio se abrazaron con efusión sollozando con ternura; poco después se quedaron muy tranquilos. Don Crisóstomo cogió su paraguas y tomó el «camino de África con la misma serenidad con que hubiera tomado el camino del estanco; el Sr. Barrientos le detuvo cuando ya bajaba la escalera.

—Ya sabe V., le dijo, que a pesar de su mala conducta, conservo a Gestas gran cariño, por lo cual nada tiene de extraño que me interese cuanto con él se relaciona. Sea V. franco; de todo lo que deja en Europa, ¿qué es lo que Gestas siente más?

—Sr. Barrientos, lo que más lamenta Gestas es la pérdida del rabo.

TERCERA PARTE

I.

Selvas de Angola, Setiembre de 1870.

Sr. D. N. Barrientos.

¡Loado sea Dios! Escribo esta carta encima de un bambú, donde tengo mi habitación por estar aquí más ventilada. Mi traje consiste en una trusa de paño adornada con un rabo postizo, y mi cuerpo está pintado al óleo, con un color pardo oscuro, para evitar las picaduras de los insectos y darme cierto parecido con los habitantes de esta selva. Gestas se ocupa en hacer el plano de esta nueva ciudad, y una mona de costumbres algo libres que hace muecas desde una palmera inmediata.

Por mi última carta sabrá V. el feliz éxito del viaje hasta nuestra partida para el bosque. Pues bien; nos internamos en él, siguiendo el curso de un caudaloso arroyo, que Gestas recordaba vagamente conocer, y anduvimos errantes siete días, durante los cuales Gestas fue arrojando la ropa, y yo adopté el uniforme que he descrito. Inútil es decir que liemos tenido que pasar grandes fatigas para abrir sendas en ciertos terrenos erizados de malezas; pero gracias al fuego y al hacha, hemos vencido los obstáculos: el instinto maravilloso de Gestas nos ayudó en grandes peligros, ya para huir la acometida de un rinoceronte o adivinar la presencia de algún tigre, o evitar la mordedura de una serpiente venenosa.

Los primeros orangutanes nos recibieron hostilmente, molestándonos con una lluvia de cocos, en la cual pude apreciar la solidez de la armadura de mi paraguas , que está intacto; en vano les hacíamos señas en su idioma, dirigiéndoles discursos elocuentes; Gestas empezaba a desesperar, cuando un dia, al vadear un arroyo, hizo un ademan de alegría y trepó con suma ligereza a un árbol, perdiéndose de vista entre su ramaje: no puedo entrar en minuciosos detalles, porque sería mi carta interminable; en aquel árbol se había criado Gestas, allí encontró a su madre viuda, con diez hijos, y el reconocimiento se efectuó por medio del olfato. Aquel encuentro nos puso en relación con el ágil pueblo orangután, y la familia de Gestas me obsequió alojándome en su árbol.

Mis presentimientos no eran vanos: los orangutanes se civilizan fácilmente; ha bastado que yo edifique una especie de choza-nido sobre mi bambú para que todos se construyan otra, improvisando una ciudad sobre los árboles; he abierto cátedra de todo cuanto sé, y la ilustración cunde admirablemente, porque casi todos los orangutanes explican lo que aprenden, sólo por la satisfacción de imitarme. Tenemos en el dia unos quinientos profesores. Todas las mañanas herborizo seguido de mis alumnos, y siempre encuentro algún maestro de botánica rodeado de los suyos.

Los sabios no son nuevos entre los orangutanes; el mismo dia de mi llegada estuve hablando con un mono viejo, depositario de la ciencia del pueblo. Me asombré de hallar en su idioma el refrán nuestro, donde quiera que fueres haz lo que vieres el cual consideran como la esencia de la sabiduría. También me extrañó que Mientras nuestros sabios han creído enaltecer al género humano y dado un paso hacia el progreso asegurando que los hombres descienden de los monos, los sabios de aquí afirman con orgullo más legítimo, que los monos descienden de los hombres.

No me fatiga mi tarea; el afán de redimir esta raza degradada me presta aliento; ¡igualdad ante la naturaleza! He aquí mi divisa; harto tiempo ha dominado en la tierra la aristocracia de los hombres.

Gestas, cuya superioridad reconocen todos sus compatriotas, ha emprendido la tarea de suavizar las costumbres, y ha elegido compañera; la noche de la boda hubo baile con orquesta de violines e iluminación a la veneciana. Los solteros son aquí muy mal mirados, por lo cual me veré en la precisión, para conformarme con las costumbres de esta selva, de sacrificarme a la ciencia uniéndome a la madre de Gestas, que aunque jamona, está bien conservada. Suyo afectísimo, Crisóstomo».

II.

Seis meses después un ministro inglés contestaba de este modo a una interpelación en la Cámara de los Lores: «Voy a complacer al honorable sir Prater explicando la conducta del gobierno respecto del reino selvático de Angola. Tiempo hacía que veníamos observando la rápida formación de aquel pueblo, que pasaba prodigiosamente de la vida animal al estado civilizado; cuando el pueblo orangután, en uso de su soberanía, quiso constituirse en la forma monárquica, elevando al trono a uno de sus conciudadanos más ilustres, el gobierno creyó útil a la política del país aconsejar al trono el reconocimiento de S. M. Gestas I, y enviar un representante a aquella corte. En efecto; era conveniente aprovechar el desdén con que habían recibido todas las potencias las notas de D. Crisóstomo, primer ministro y padrastro del monarca, y celebrar con el nuevo Estado un tratado de comercio favorable a nuestra industria, a la cual estaba reservado el honroso cometido de vestir y armar a un pueblo que carecía de trajes y de armas. Gracias a nuestros esfuerzos, los orangutanes mondan las frutas con cuchillos ingleses; su ejército usa carabinas fabricadas en Birmingham, y los súbditos de S. M. Gestas I han ganado en respetabilidad y decoro con la adopción del gorro blanco, que hoy constituye su traje nacional. En cuanto a las alusiones de sir Prater, sólo contestaré que nuestro digno representante, Mr. Cuckoo, no tiene medios de impedir que la industria particular explote la afición de los orangutanes a las bebidas alcohólicas, y trate de introducir entre ellos el uso del opio; en cambio el ilustre lord omite los servicios que prestan la Sociedad Bíblica de Londres, distribuyendo gratis sus libros, y la Sociedad de la Templanza, remitiendo sus estatutos al doctor Crisóstomo e invitándole a crear una sucursal en aquel apartado reino. Inglaterra, además, no puede negar a aquel país nada de lo que pide, porque los orangutanes, ricos en marfil y polvo de oro, pagan al contado.

Lord Prater. Insisto en creer bochornoso que Inglaterra haya enviado un representante ante una corte irracional.

El Presidente. Suplico al orador que se exprese en términos más convenientes respecto del soberano de una nación amiga.

Lord Prater. Retiró la palabra irracional, y llamaré corte zoológica a la de S. M. Gestas I: creo que el señor presidente hallará esta calificación más parlamentaria; además, no es mi ánimo ofender a aquel monarca, puesto que soy miembro de la Sociedad protectora de los animales.

{El Presidente agita la campanilla.) Diré que Inglaterra ocupa los buques que destinaba impedir la trata de los negros, en intimar el trato con los monos. Y pido que se abra una información para, averiguar si el orangután que poseemos en el jardin zoológico pertenece a la familia Real de S. M. Gestas I, en cuyo caso deben hacérsele en la jaula los honores de

Indos a su alto rango para honrar al soberano de una nación amiga, como dice nuestro digno Presidente.

(Las oposiciones aplauden, y se levanta la sesión en medio de la mayor algazara. Lord Prater asegura que propondrá a la Cámara un proyecto pidiendo los derechos de ciudadano inglés para todos los monos nacidos en los dominios de Inglaterra.)»

III.

Le Journal des Voyageurs publicaba en uno de sus números esta curiosa relación:

«La capital del reino selvático de Angola tiene un carácter completamente europeo, prescindiendo de los moradores y de la naturaleza. El hábil doctor Crisóstomo, secundando los proyectos de su monarca, y aprovechando la actividad de un pueblo cuyos habitantes cada uno tiene cuatro manos, ha logrado edificar una ciudad hermosa, aunque monótona por la igualdad de sus edificios. Es agradable pasear por sus calles, viendo las monas asomadas a los balcones adornadas a la última moda y cubiertas de lazos y de sedas.

»La última recepción que hubo en palacio fué brillantísima; el rey Gestas y la reina se hallaban rodeados de su familia y servidumbre; el cuerpo diplomático lo componía el embajador inglés con todos sus criados de ambos sexos. Un curioso que presenció el desfile de los vasallos contó más de setecientos generales y un número mucho mayor de caballeros grandes cruces. Con dificultad se encuentra en el reino un orangután que no tenga tratamiento. Todas las damas iban seguidas de un monito llevándoles la cola.

»Una de las modistas francesas se suicidó el dia... por desdenes de un peluquero, y el doctor Crisóstomo ha dictado órdenes para que no se divulgue el hecho, sabiéndolo que puede el ejemplo en un pueblo impresionable.

»Entre el representante inglés y el primer ministro hay una lucha encarnizada: el primero, por proteger la industria de su nación, desbarata todos los planes del segundo para hacer de los orangutanes un pueblo sobrio y enemigo del lujo. Dícese que tiene el propósito de extenderle los pasaportes; pero que le detiene la consideración de que la corte con su ausencia se vería privada del Cuerpo diplomático. El doctor Crisóstomo ha interceptada una nota de Mr. Cuckoo a su gobierno en que pide una remesa de gorros encarnados.

»A pesar de la gran distancia de esta capital y de su reciente fundación, hay en ella un hotel, varias modistas tres o cuatro peluqueros, dos afiladores de cuchillos, diez organillistas y algunos titiriteros, todos franceses; un relojero y dos filósofos alemanes; una opulenta señora rusa que asiste a todos los teatros y paseos, y un caballero portugués que luce la cruz del Cristo y grandes alfileres de brillantes; muchos ingleses que trafican en maderas, venden telas y cuchillos, plantan algodón bastar en los patios, explotan minas, introducen contrabando y beben toda clase de licores; varias damas sin familia procedentes de todas las naciones; un maquinista norteamericano; dos o tres caballeros de la América del Sur, que juegan a los naipes y a los gallos; un moro que vende zapatillas, y un emigrado español que no hace nada.

»Hace pocos días se abrió con gran éxito una librería; el comerciante tenía una edición enorme de cierta Historia de la revolución francesa que nadie compra en Europa, y conociendo el carácter de aquel pueblo, se paseó una tarde vestido exageradamente y con un ejemplar del libro en las manos abierto por la portada. Al dia siguiente la edición estaba agotada, y una multitud de orangutanes recorría la población llevando en las manos la Historia de la revolución francesa, escrita por un autor anónimo. Nadie que se precie de mono *comme il faut* sale a la calle sin el libro.

»Ha ocurrido un suceso que puede ser un *casus belli* entre dos naciones: varios portugueses de la colonia inmediata han cazado a varios súbditos de Gestas en un bosque cercano. Divulgado el hecho, muchos orangutanes, armados de escopetas, pasan el dia cazando portugueses.

»La salida del correo impidió a nuestro corresponsal dar más pormenores acerca de aquel curioso pueblo.»

IV.

El Sr. Barrientos estaba leyendo su periódico una tarde, cuando entró un criado en su despacho.

—¡Señor!, dijo el sirviente con aire misterioso: tiene V. una visita.

—Que pase adelante.

—Es que... me parece que es un mono.

—¿Cómo?, dijo el banquero levantándose.

—Sí señor; un mono que habla y del tamaño de una persona.

—¿Estás loco? Los monos no pueden hablar a causa de dos sacos membranosos... A menos que haya en Angola orangutanes más perfectos... que pase, sea quien fuere; sin duda Gestas me envía algún correo.

Un instante después entraba en el cuarto D. Crisóstomo desfigurado enteramente: su cuerpo pintado al óleo, la boca excesivamente prolongada por la costumbre de hablar gesticulando, sus maneras bruscas y su movilidad extraordinaria le daban el aspecto de un orangután; el antiguo maestro se había identificado con los habitantes del reino selvático de Angola. Para que la semejanza fuese más completa, por debajo del antiguo levitón asomaba un rabo majestuoso.

El Sr. Barrientos reconoció aquel levitón: el paraguas de familia sirvió para identificar la persona de su dueño.

—¡Todo se ha perdido!, exclamó D. Crisóstomo arrojándose en un sofá después de haber abrazado tiernamente a su amigo.

—¿Pero cómo ha llegado V. vivo hasta mi casa en ese traje?

—No lo sé, dijo el profesor reparando en el rabo, que le arrastraba por el suelo; creo que me han silbado: aún sospecho que rae han arrojado algunos tronchos y que las turbas me han seguido: pero ¿qué significa todo eso ante la inmensidad de mi desgracia?

—¿Y el reino?

—Está entregado a la anarquía; las tropas han fraternizado con el pueblo; me han obligado a emigrar: yo he visto a los convencionales perorando en la Asamblea, al pueblo lanzando en infernal coro gritos salvajes e inarticulados; se han proclamado los derechos del mono. Gestas ha tenido que ponerse el gorro frigio; ha circulado el oro de Inglaterra; han arrasado la cárcel, diciendo que era la Bastilla...

—Pero V. me está contando la primera revolución francesa...

—Pues eso ha sucedido exactamente: los orangutanes han leído aquel libro funesto y han tratado de imitarlo en todos sus detalles.

—De manera que la monarquía...

—Ha sido derribada.

—¿Y Gestas?

—¿No lo adivina V.?

—¡Cómo! ¿Estará preso en el Temple?

—Era preciso llevar la imitación a la exactitud más servil y fotográfica: las revoluciones de los monos ni aún tienen el mérito de ser originales.

—¿Y no habrá medio de salvar al pobre Gestas?

—Ha sido guillotinado por su pueblo: no ha faltado siquiera en su ejecución el redoble de tambores.

Hubo un rato de silencio: se produjo una sensación profunda de esas que sólo causan las catástrofes históricas.

—¿Y qué va a ser de ese pueblo desdichado?, preguntó conmovido el Sr. Barrientos.

—No lo sé, contestó el maestro: los monos dicen que han recobrado su perdida libertad... y yo, que los he visto furiosos y sin ropa y cometiendo destrozos, creo que tornan a su estado primitivo.

—¿De modo que no volverá V. al África?

—Nunca: me he convencido de que son ingobernables los pueblos que copian servilmente y sin criterio; prefiero un país salvaje con costumbres propias, a una nación cuyo carácter, cuyas revoluciones y cuyas leyes son imitadas de otros pueblos.

Y D. Crisóstomo quedó profundamente pensativo: después tomó maquinalmente un periódico; el señor de Barrientos le observaba repasar con agitación un escrito incendiario en que se pedía la nivelación de las fortunas.

De repente se levantó el profesor, y exclamó paseándose por la sala:

—¡Orangutanes! ¡Nada más que orangutanes! Había tal exaltación en el acento de D. Crisóstomo se lanzó hacia el balcón con tanta ira, que el señor de Barrientos tuvo que sostenerle sujetándole la cola.

—¿Qué hace V., amigo mio?, le dijo con dulzura.

—Perdone V., respondió tranquilamente D. Crisóstomo; aquellas horrorosas escenas no se apartan de mi mente: creía que estaba aún en el reino selvático de Angola.

FIN DE GESTAS,
o EL IDIOMA DE LOS MONOS

Libros Mablaz Ciencia Ficcion y Fantasía

http://librosmablaz.com/

Libros Mablaz CLÁSICOS de Ciencia Ficción recuperados

LM CLÁSICOS

http://librosmablaz.com/

Libros Mablaz

Narrativa — Relatos

/www.librosmablaz.com/